9교시 연애능력평가고사

연애도 능력이다
배워야 한다면 이 책은
연애사관학교다

대한민국 1호
연애코치의 1:1
연애과외

9교시
연애능력
평가고사

저자 이명길

책/이/있/는/풍/경

연애에도 '레시피'가 있다?

내 필명은 '갑오징어'다. 오징어(?) 중의 갑이라 하여 붙여진 별명이다. 누구는 '의자왕'이라고도 부른다. 키가 작아 '의자'에 앉아 있을 때만 '왕'이라는 뜻이다. 고백하면 나는 연애를 잘하는 사람이 아니었다. 모차르트보다는 오히려 살리에르에 가깝다. 연예인처럼 타고난 신체적 매력이 있는 것도 아니고, 집이 부자도 아니다. 심지어 말까지 더듬어 고교시절에는 부산 서면에 있는 교정원에서 말더듬 교정 합숙훈련(?)도 했다. 키 크고 잘생긴 다른 친구들은 가만히 있어도 여자들이 다 가오는데, 나는 용기를 내 다가가도 블로킹을 당했다.

나는 어떻게 '국내 1호 연애코치'가 됐을까?

역사상 가장 뛰어난 연애전문가(?)로 꼽히는 사람은 '카사노바'다. 그는 유럽을 대표하는 바람둥이로 평생 동안 무려 130여 명의 여성과 사랑을 나눴다고 한다. 지금이야 나이트나 클럽, 각종 앱과 SNS 등으로 이성에게 접근하기가 쉬워졌지만, 그 시절 그 정도의 이성과 사랑을 나누려면 어마어마한 노력이 뒷받침되어야 했다. 물론 그는 훤칠한 외모는 물론 문학자, 법학박사, 외교관, 재무관, 스파이 등의 직업을 가질 정도로 뛰어난 두뇌를 가졌던 사람이다. 그러나 그가 그냥 잘생기고 박식한 바람둥이가 아닌 지금까지 영화와 뮤지컬 등으로 사람들의 입에 오르내릴 수 있었던 것은 바로 이런 카사노바 마인드 때문이다.

"나는 여자를 위해 태어났으며
여자를 사랑할 뿐 아니라
그 여성들로부터 사랑받기 위해 최선을 다했다."

카사노바는 단순히 여자를 좋아하는 사람이 아닌 사랑받기 위해 노력하는 사람이었다. 그가 단순히 여자를 많이 만난 남자였다면 세상은 그를 그저 그런 바람둥이로만 기억했을지 모른다. 물론 그가 말년을 외롭게 보내며 쓸쓸하게 죽었다는 사실은 의미하는 바가 크다.

나는 카사노바 같은 천재가 아니었기에 사랑받기 위해 더 최선을 다해야 했다. '내가 여자라도 나와 연애하고 싶을 정도의 나'를 만들기 위해 노력해야 했고, 상대가 나에게 관심을 가질 수 있게 만들어야 했다. 어떻게 하면 소개팅을 잘할 수 있을까?를 고민하다 '소개팅 전략'을 생각해냈고, 연애 패턴을 연구하다 '접근과 대시 이론'을 만들어냈다. 매번 밀당에 실패한 끝에 연애 초반에는 '밀당' 보다 '당밀'이 더 효과적이라는 것도 알아냈다.

이제 "당당하게 사랑할 수 있겠다"는 자신감을 갖게 되자 연애를 바라보는 관점에도 변화가 생겼다. 여성을 유혹하는 '연애 치트키'를 생각하는 것에서 벗어나 '내가 왜 그녀에게 호감을 갖게 되었었는지?'에 대해 생각하기 시작했다. 예뻤지만 금방 질리는 여자가 있는가 하면, 다른 남자에게는 오징어로 보이지만 나에게는 매력적인 여자도 있었다. 분명히 내가 따라다녀서 시작했는데, 언제부터인가 그녀가 매달리는 경우가 있었는가 하면, 만나는 여자에 따라 터프가이가 되기도 하고, 젠틀맨이 되기도 하는 나를 발견했다. 내 경험을 돌아보고, 친구들의 연애와 연애코칭에 대입시켜봤다. 순진했던(?) 농촌 총각은 그렇게 연애코치가 됐다.

이 책은 연애가 어렵다는 사람들을 위한 일종의 '연애 레시피'다. '꿀 팁'을 많이 넣어 쉽게 볼 수 있게 정리했다. 인터넷에 떠도는 내용이 아닌 12년 동안 연애코치로 활동하면서 직접 경험하고, 코칭하며 알게 된 '꿀 팁'을 정리했으니, 맛있는 연애를 하고 싶은 사람이라면 재미있게 읽을 수 있을 것이다.

그럼에도 "꼭 연애 같은 것 해야 하나요?"라고 묻는 사람이 있다면 "그래도 지구는 돈다"고 했던 갈릴레오 갈릴레이의 마음으로 답해주고 싶다. "그래도 연애는 해야 한다."

"바쁜 벌꿀은 슬퍼할 겨를도 없다"고, 솔직히 연애하기 쉽지 않은 세상이다. '취업 전 키스 금지'라는 구호처럼, 당연히 해야 하는 연애가 사치처럼 느껴지는 청춘이다. 연애에 서툰 인생은 고달프다. 당장 사는 것이 힘들어 연애를 포기하겠다 하지만 나는 그럴수록 연애하라고 한다. 어디로, 왜 뛰어야 하는지도 모르고 무작정 뛰고 있는 현실 속에서 연애야말로 힘들 때 잠시 기대 설 수 있는 '청춘의 쉼터'이기 때문이다. 청춘이 무엇으로 성공할 수 있을까? 당장 경제적, 사회적으로 성공하는 것이 어렵다면 '심리적 성공'이라도 해야 한다. 그런 '정신승리'라도 해야이 험한 세상을 이겨낼 에너지를 얻을 수 있는 것이다.

연애를 통해 할 수 있다는 자신감을 얻고, 누군가를 사랑해 줄 수 있는 자신을 사랑하게 되기를 바란다. 사랑받는 연애를 하며, 내가 얼마나 소중한 사람인지 자존감을 키우길 바란다. 그 힘이 당신의 삶을 좀 더 밝게 만들어 줄 것이다.

연애만사성(戀愛萬事成), 연애가 화목해야 모든 일이 잘 풀린다는 뜻이다. 연애에는 마법의 힘이 있다. 수십 년 넘게 연애 한 번 못했던 '오징어'(?)가 행복한 연애를 시작하자 "저 정도면 괜찮지 않나요?"라는 말을 하는 '갑오징어'로 변한다. '정신승리'라 하는 사람도 있지만, 연애를 통해 자신을 긍정적으로 느끼게 되고, 그 긍정의 힘을 바탕으로 인생을 살면 다른 일들도 더 잘 풀리게 된다. 연애는 '의식주'(衣食住)이기도 하다. 못 먹고 못 자고 못 입으면 행복하지 않듯 사랑하고 사랑받지 못하는 사람은 행복하지 못한 법이다. 그래서 나는 '의식주애'(衣食住愛)라고 한다.

웹툰〈미생〉을 보면 이런 말이 나온다.

"너는 지금 사랑받고 싶어서 사랑받지 못할 방법만 쓰는 거야?"

사랑받고 싶다면 사랑받을 방법을 찾고, 그것을 실천해야 한다. 연애가 공부보다 어려운 이유는 혼자 하는 것이 아니라 둘이 하는 것이기 때문이다. 그런 연애를 하는데 어떻게 해야 하는지 그 방법을 모르겠다면, 사랑받고 싶은데 어떻게 받아야 하는지 모르겠다면 이 책이 혼자하는 연애에 지친 당신에게 도움을 줄 것이다.

신현림 시인의 말씀이다.

"만나라 사랑할 시간이 없다."

목차

Love skill
assessment
Class 9

자율학습 _연애상담 _277

8시 뉴스

연애 한번 실패한다고
8시 뉴스에 나오지 않는다.
뭐가 두려워 못 하는가?

Love skill
assessment
Class 1
소개팅

연애능력평가 문제지
- 제한시간 5분 -

소개팅 영역

1. 소개팅이 잡힌 오징어 씨, 상대에게 전화하여 약속을 잡기에 가장 좋은 요일은 언제일까?

☐ 월요일　　　　　　　　　　　☐ 토요일
☐ 수요일　　　　　　　　　　　☐ 13일의 금요일
☐ 목요일

2. 오징어 씨가 이성을 만날 때 가장 멋져 보이는 시간대는 언제일까?

☐ 아침 10시　　　　　　　　　　☐ 서울시
☐ 오후 2시　　　　　　　　　　　☐ 난 잘생겨서 상관없다
☐ 오후 6시

3. 첫인상이 중요한 이유는 무엇일까?

☐ 시작이 어색하면 계속 어색하니까　　☐ 초유 효과 때문에
☐ 상대가 나를 판단하니까　　　　　　☐ 오징어만 아니면 된다
☐ 초두 효과 때문에

4. 상대와 대화하는 것이 어색한 오징어 씨. 다음 중 가장 추천하는 소개팅 장소는?

☐ 분위기 좋은 레스토랑　　　　　☐ 놀이동산
☐ JAZZ가 흐르는 호텔 라운지　　　☐ DVD 방
☐ 역 근처 커피숍

5. 전문가가 추천하는 소개팅 권장 커피숍 대기 시간은?

☐ 15분　　　　　　　　　　　　☐ 60분
☐ 30분　　　　　　　　　　　　☐ 커피 식을 때까지
☐ 45분

6. 적당한 소개팅 비용 분담률은?
   ☐ 남자 100%
   ☐ 7:3
   ☐ 5:5
   ☐ 예쁘면 남자가 100%
   ☐ 난 벌금 안 물면 다행이다

7. 다음 중 적당한 첫 데이트 시간은?
   ☐ 60분
   ☐ 120분
   ☐ 150분
   ☐ 300분
   ☐ 첫날은 같이 있는 게 예의다

8. 첫 만남 호감도를 높이는 대화 주제를 고르시오.
   ☐ 여행
   ☐ 예능프로그램
   ☐ 취미와 특기
   ☐ 가사분담과 양육
   ☐ 북한 핵실험과 통일문제

9. 다음 중 소개팅에서 상대를 어색하게 만드는 표현을 고르시오.
   ☐ 취미가 뭐예요?
   ☐ 왜 소개팅 나오셨어요?
   ☐ 원래 말이 없으신가 봐요?
   ☐ 이상형이 어떻게 되세요?
   ☐ 하지원 닮으셨다고 들었는데, 발바닥이 닮으
      셨나 봐요?

10. 다음 중 두 번째 데이트로 추천하지 않는 곳을 고르시오.
    ☐ 놀이동산
    ☐ 영화관
    ☐ 동물원
    ☐ 박물관
    ☐ 수족관

- 고생하셨습니다. -

목요일의
비밀

♥ ♥ ♥ ♥ ♥ ♥ ♥ ♥

소개팅이 잡힌 오징어 씨, 상대에게 전화하여 약속을 잡기
에 가장 좋은 요일은 언제일까?

1 월요일

2 수요일

3 목요일

4 토요일

5 13일의 금요일

월요일은 출근하기도 전에 격렬하게 퇴근하고 싶어지는 요일이다. 데이트 약속을 잡는 것도 일종의 설득이다. 원빈, 이나영처럼 생기지 않았으면 짜증나고 피곤한 날은 설득이나 협상을 피하는 것이 좋다. 수요일은 한참을 달려온 것 같지만, 아직도 수요일인 피곤한 날이다. 영국 태닝 회사의 조사를 보면 "일주일 중 여성들이 가장 늙어 보이는 때는 수요일 오후 3시 30분"이다. 데이트 신청을 계획 중인 남자들이라면 수요일 오후 시간대는 될 수 있으면 피하는 것이 좋다. 사람은 언제부터 마음이 너그러워질까? 답은 목요일, 그것도 저녁 시간부터다. 해외여행을 갈 때 언제가 가장 설렐까? 여행 가방을 끌고 인천 공항을 갈 때다. 목요일은 마치 여행 가방을 끌고 공항으로 향하는 그런 요일이다. 하루만 더 버티면 즐거운 주말이 시작된다는 생각에 심리적 부담감이 줄어들고 타인의 제안에 좀 더 너그러워진다.

이날 약속을 잡아야 소개팅하기 가장 좋은 '금요일 또는 토요일' 저녁에 약속을 잡기 쉽다. 금요일이나 토요일에 전화하면 당일 약속은 힘들다. 여자가 남자에게 할 때는 가능할 수 있지만, 남자가 여자에게 할 때는 당일 약속이 좀 더 어렵다. 일요일은 월요일에 대한 걱정으로 저녁보다 점심에 주로 보게 되는데, 저녁에 만나야 평범한 '오징어'도 '갑오징어'로 보인다는 점은 참고만 하길 바란다.

이를 비즈니스에도 응용할 수 있다. 상사에게 결재를 받아야 한다면 '월요일'은 피하는 것이 좋다. 반면, 목요일 오후나 금요일에는 한결 사인 받기가 수월해진다.

전문가 의견 3번

Love skill
assessment

2

오징어도 예뻐
보이는 때

♥ ♥ ♥ ♥ ♥ ♥ ♥ ♥

오징어 씨가 이성을 만날 때 가장 멋져 보이는 시간대는 언
제일까?

1 아침 10시
2 오후 2시
3 오후 6시
4 서울시
5 난 잘생겨서 상관없다

사진 잘 찍는 비법이 적힌 책들을 보면 자주 나오는 내용이 있다. 바로 '조명'이다. 특급 호텔이나 분위기 좋은 레스토랑에 가면 상대가 더 멋져 보이는데, '형광등' 대신 '은은한 조명'을 사용하기 때문이다. 분위기가 좋으면 음식도 맛있게 느껴지고, 상대도 더 근사해 보인다. 물론 그만큼 비싼 가격을 내야 한다. 단도직입적으로 말해 형광등 아래서 예쁘고 멋지기는 어렵다. 반면, 은은한 조명 아래에서는 어지간해선(?) 못생기기 쉽지 않다.

노을이 지기 시작하는 오후 시간대가 해가 쨍쨍 떠 있는 아침이나 점심보다 서로 호감을 느끼는 데 도움이 된다. 자신은 시간대에 상관없이 "이만하면 잘생겼다"고 생각하는 오징어들이 많지만 이는 대부분 착각이다.

마지막으로 예쁜 여자를 만나고 싶은 남자들에게 비밀을 알려준다. 아침에 봤을 때 예쁜 여자가 진짜 예쁜 여자다. 밤에 예쁜 여자는 아침에 변신(?)할 가능성이 높지만, 아침에 예쁜 여자는 밤에 더 예뻐진다. 그래서 오징어들이 그토록 조명을 따라다니나 보다.

전문가 의견 3번

첫인상의
비밀

♥ ♥ ♥ ♥ ♥ ♥ ♥ ♥

첫인상이 중요한 이유는 무엇일까?

1 시작이 어색하면 계속 어색하니까

2 상대가 나를 판단하니까

3 초두 효과 때문에

4 초유 효과 때문에

5 오징어만 아니면 된다

첫인상은 중요하다. 사람들은 처음 본 사람의 모습을 진짜 모습으로 판단해 버리는데, 처음 얻은 정보가 나중에 얻은 정보보다 더 강한 영향력을 끼친다는 심리학 이론을 'primacy effect(초두 효과)'라고 한다. 첫인상이 나쁘면 예쁜 짓을 해도 그 인상이 쉽게 변하지 않는다는 것이다.

그럼 첫인상을 결정하는 데 걸리는 시간은 어느 정도일까? 프린스턴대학 심리학 연구팀은 첫인상이 결정되는 시간이 단 '0.1초' 밖에 안 걸린다고 했으며, 뉴욕대학교 심리학 연구팀에 따르면 '0.33초'라고 한다. 『첫인상의 심리학』 저자 나이토 요시히토는 인간관계에 있어 가장 중요한 것은 초반 4분이라고 주장했고, 미국 심리학자 즈닌은 첫인상이 4분 안에 결정된다는 것을 실험으로 증명하기도 했다. 결과에는 다소 차이가 있지만, 그 시간이 길지 않다는 것은 사실이다.

그러나 첫인상이 중요한 다른 이유도 있다. 연구들은 첫인상의 중요성을 '상대가 나를 평가할 때'를 기준으로 하고 있다. 그러나 첫인상이 중요한 이유는 "내가 상대를 대하는 태도의 기준"이 되기 때문이다. 사람은 일관성을 지키려는 심리가 있다. 상대를 처음 만나는 순간 자신도 모르게 어색하게 인사를 하고 시작하면, 앞으로 분위기가 점점 뻘쭘해진다. 일단 시작을 그렇게 해버려서 갑자기 반전을 꾀하기도 어렵다. 반

면 첫인사 때 편하게 대하면 이후로도 좀 더 편하게 대하기가 쉽다. 그 순간이 기준이 되어 앞으로의 대화도 비슷한 분위기가 이어지는 것이다.

상대가 나를 보는 첫 이미지를 바꾸는 건 어렵다. 그보다 내가 상대를 대하는 태도를 바꾸기는 쉽다. 얼굴은 좀(?) 못생겨도 괜찮다. 그러나 '못 잘생겼다면' 인상이라도 좋아야 한다. 잘생기지 않았더라도 인상이 좋으면 얼마든지 연애할 수 있다.

전문가 의견 1번

Love skill
assessment

4

오징어를 위한
소개팅 장소

♥ ♥ ♥ ♥ ♥ ♥ ♥ ♥

상대와 대화하는 것이 어색한 오징어 씨. 다음 중 가장 추천
하는 소개팅 장소는?

1 분위기 좋은 레스토랑
2 JAZZ가 흐르는 호텔 라운지
3 역 근처 커피숍
4 놀이동산
5 DVD 방

"강남역 근처 분위기 좋은 레스토랑" 소개팅이 잡혔을 때 오징어들이 검색해보는 문장이다. 중요한 것은 '분위기'가 아니라, '나'다. 축구로 치면 메시처럼 슛을 할 수 있다면 분위기 좋은 레스토랑에 가라. 그런 장소들은 한적해서 대화에 집중하기 좋다. 반면 첫 만남에서 어색함을 느끼는 사람들이 그런 장소에 가면 더 어색해진다. 그들에게는 차라리 사람도 좀 많고 음악도 빠르게 나오는 캐주얼한 장소가 유리하다.

혹시라도 DVD방을 체크했다면 한번 거기서 만나자고 해보고, 결과를 알려주길 바란다. 나도 어떻게 될지 궁금하다.

전문가 의견 **3번**

Love skill
assessment

5

40분

♥ ♥ ♥ ♥ ♥ ♥ ♥ ♥

전문가가 추천하는 소개팅 권장 커피숍 대기 시간은?

1 15분

2 30분

3 45분

4 60분

5 커피 식을 때까지

연애코치가 권장하는 커피숍 권장 데이트 시간은 약 40분 정도다. 이 정도면 1차 호구조사 및 탐색전, 가능성 등은 대충 파악할 수 있다. 저녁 6시~7시 사이 만났는데, 상대가 괜찮다면 식사하기에 딱 좋은 시간이다. 카페가 실무진 면접이라면, 레스토랑은 임원 면접이라고나 할까? 전문가들은 말한다. 상대가 마음에 든다고 첫 만남에 너무 무리하는 것보다는 약간 설렘과 아쉬움을 남기고 마무리하여 좋은 인상을 남기는 게 더 좋다.

  참고로 한 후배는 소개팅에 나가 마음에 드는 상대가 나오면 한여름에도 뜨거운 음료를 주문했다. 조금이라도 더 상대와 대화를 나누고 싶어서였다. 반대로 마음에 안 드는 상대를 만나면 한겨울에도 차가운 음료를 시켰다. 최대한 빨리 마시고 일어나기 위함이었다.

전문가 의견 **3번**

Love skill
assessment

6

100
그리고 7:3

♥ ♥ ♥ ♥ ♥ ♥ ♥ ♥

적당한 소개팅 비용 분담률은?

1 남자 100%

2 7:3

3 5:5

4 예쁘면 남자가 100%

5 난 벌금 안 물면 다행

남자들에게 강의할 때는 남자가 100% 내는 것이 당연하다고 한다. 내가 오징어라 돈을 내는 것이 아니다. 원빈, 장동건도 연애할 때 다 돈을 썼다.

데이트 비용을 내가 낼 것을 알기에 데이트 코스도 내가 짠다. 상대를 배려하겠다고 "우리 이제 어디 갈까요? 뭐 드시고 싶으세요?"라고 물었다가 "간단하게 요 앞에 빕스나 가죠?" 이런 말을 듣는 것이 부담스럽기 때문이다. 이런 긴급상황(?)을 만들지 않기 위해 데이트 코스는 예산 안에서 짜고 당당하고 여유 있게 행동한다.

남자들에게 팁을 주자면, 여자들은 돈 없는 남자를 싫어하는 게 아니라 찌질한 남자를 싫어한다. 3만 원 가지고 레스토랑 가서 혹시라도 여자가 2만 원짜리 스파게티 시킬까 봐 걱정하는 모습을 보이기보다 차라리 그 돈으로 분식집 가서 당당하게 김밥에 치즈도 한 장 넣어주는 남자를 여자는 더 좋아한다.

여자들에게는 이렇게 말한다. 첫 데이트거나, 남자 쪽에서 데이트 신청을 하여 만났다면 2, 3번째 데이트에도 비용을 안 써도 된다. 남자들은 관심 없는 여자에게는 '돈'을 쓰지 않는다. 남자가 돈을 계속 쓴다는 것은 당신을 마음에 들어 한다는 뜻이다.

만약 남자가 마음에 든다면 세 번째 데이트 이후부터는 남자 7, 여자 3 정도면 센스 있는 여자다.

천안 사는 남성이 서울에 있는 여성을 만나러 왔다. 고속터미널 근처에서 만났는데 소개팅은 그냥 평범했다. 헤어지려는데 여성이 굳이 고속터미널까지 배웅을 하겠다고 하더니 도착 후 버스표를 끊어줬단다. 그러면서 이런 말을 했단다. "저 만나러 천안에서 오셨는데 버스표 정도는 끊어드려야죠" 남자가 그 표를 받고 오는 길에 곰곰이 생각했더니 살면서 다시는 그런 센스 있는 여성을 못 만날 것 같더란다. 여자 입장에서는 마음에 안 들면 패스, 마음에 들면 7:3이 답이다.

남자의 경우 **1번**
여자의 경우 **2번**

Love skill
assessment

7

2시간
27분

♥ ♥ ♥ ♥ ♥ ♥ ♥ ♥

다음 중 적당한 첫 데이트 시간은?

1 60분

2 120분

3 150분

4 300분

5 첫날은 같이 있는 게 예의다

듀오가 했던 2030대 미혼남녀 대상 설문조사 결과에 따르면 첫 만남에 가장 적당한 데이트 시간은 '약 2시간 27분'이다. 밥 먹고 차 마시고 이동하는 시간을 모두 포함한 시간이다. 음식을 정말 맛있게 먹으려면 너무 배부르게 먹어서는 안 된다. 약간 모자란 듯 먹었을 때 그 맛있는 느낌이 오래 가는 법이다. 사람도 마찬가지다. 좀 더 함께 있고 싶을 때 헤어져야 어서 빨리 만나고 싶어지는 법이다.

전문가 의견 3번

Love skill
assessment

8

여행이야기
효과

❤ ❤ ❤ ❤ ❤ ❤ ❤ ❤

첫 만남 호감도를 높이는 대화 주제를 고르시오.

1 여행

2 예능프로그램

3 취미와 특기

4 가사분담과 양육

5 북한 핵실험과 통일문제

　심리학자들은 남녀가 만날 때 중요한 것은 '가치관'이라고 한다. 그러나 처음부터 그것들을 확인하겠다고 '북핵 문제'나 '테러방지법'과 같은 정치적인 이야기를 하는 것은 추천하지 않는다. 첫 만남의 목적은 어디까지나 상대를 알고, 발전 가능성을 확인하는 것이기에, 주제에 상관없이 웃으면서 오래 대화할 수 있으면 좋고, 그 속에서 정보들을 파악할 수 있으면 더 좋다.

　이때 '여행'을 대화 주제로 삼으면 좋다. 영국의 한 대학에서 남녀의 만남에 대한 실험을 했는데, 그 결과 '영화, 책, 취미, 여행' 등의 주제 중 '여행'을 대화 소재로 삼은 커플들의 매칭 확률이 가장 높게 나왔다고 한다. 자신이 가장 즐겁게 다녀온 여행지에 대해 말하는 사람들의 표정은 즐겁다. 그래서 마치 그 여행지에 다시 와 있는 듯한 착각마저 든다. 한 달 동안 유럽을 다녀온 사람, 캐나다와 호주로 어학연수를 다녀온 사람, 동남아로 휴양을 다녀온 사람 등 기억에 남는 경험을 한 사람들은 저마다 그 이야기를 공유하고 싶어 한다. 심지어 남자들은 군대 이야기도 마치 여행 다녀온 것처럼 설레며 떠든다.

참고로 여행 경험을 듣다 보면 외박 가능 여부와 경제적 상황 등이 파악되는 건 보너스다.

전문가 의견 **1번**

남자를 오징어로
만드는 멘트

♥ ♥ ♥ ♥ ♥ ♥ ♥ ♥

다음 중 소개팅에서 상대를 어색하게 만드는 표현을 고르
시오.

1 취미가 뭐예요?

2 왜 소개팅 나오셨어요?

3 원래 말이 없으신가 봐요?

4 이상형이 어떻게 되세요?

5 하지원 닮으셨다고 들었는데, 발바닥이 닮으셨나 봐요?

놀랍게도 남자들은 친한 친구들과 있을 때는 다 개그맨이 되는데 낯선 여자와 있을 때는 자신도 모르게 뻘쭘해진다. 가뜩이나 어색한데 여자가 "원래 말이 없으신가 봐요?" "아무 말이나 좀 해보세요?" 이런 말을 하면, 아예 오징어가 된다. 남자건 여자건 처음 사람을 만나면 어색하기 마련이다. 어색하다고 저런 말을 하기보다는 이런 말을 해보자.

"잘 웃으시는 것 같아요"
이 말을 들으면 왠지 좀 더 편하게 웃어도 될 것 같은 느낌이 든다.
"말을 잘하시는 것 같아요"
좀 더 편하게 말해도 된다는 격려의 뜻이다. 상대도 칭찬을 받았으니 좀 더 편한 느낌을 받을 것이다.
"친구들이 많을 것 같으세요"
성격이 밝아 보인다는 뜻을 우회적으로 한 말로, 좀 더 밝은 모습을 보여도 된다는 뜻이다. 상대가 조금 밝아지는 것을 느낄 수 있을 것이다.
"하지원 닮으셨다고 들었는데, 발바닥이 닮으셨나 봐요?"
이런 표현의 결과가 궁금하면 해보고 알려줘라. 나도 궁금하다.

전문가 의견 2, 3, 5번

042

Love skill
assessment

10

두 번째 데이트의
목적

♥ ♥ ♥ ♥ ♥ ♥ ♥ ♥ ♥

다음 중 두 번째 데이트로 추천하지 않는 곳을 고르시오.

1 놀이동산

2 영화관

3 동물원

4 박물관

5 수족관

데이트의 목적은 '시간을 보내는 것'이 아닌 상대에 대한 정보를 파악하고, 나에 대한 좋은 정보를 알려주는 것이다. 연인이라면 좋은 경험을 공유하는 것도 의미가 있지만, 이제 두 번째라면 좀 더 능동적인 데이트를 추천하고 싶다. 이른바 '테마 데이트'다. 말없이 2시간 동안 영화만 보고 있기보다 함께 보고 이야기하고 움직일 수 있는 그런 '테마 데이트'를 말한다. 개인적으로 동물원과 수족관을 추천하는데, 자연스럽게 대화할 수 있는 소재가 있고, 테마가 확실해서 유쾌한 데이트를 할 수 있기 때문이다. 유명 전시회나 박물관 등도 괜찮다. 이름만 들어도 알만한 내용이라면 그냥 가도 괜찮고, 아니라면 상대의 취향이 조금 반영되면 도움이 된다.

놀이동산은 두 번째 데이트에 좀 파격적이지만 갈 수만 있다면 훨씬 빠르게 가까워질 수 있는 곳이다. 사람은 커플들이 많은 곳에 가면 '손잡기' '팔짱끼기' 등과 같은 가벼운 스킨십에 관대해지는 경향이 있다. 또한 짜릿한 어트렉션 등을 타면서 친해지는 것은 덤이다. 영화관은 나쁘지 않지만, 당장 손잡을 목적이 아니라면 두 번째 데이트로는 SOSO다.

전문가의견 2번

남자는 예쁜 여자에게 거절당하면 더 기분이 나쁘다.

해설 ●

남자는 예쁜 여자에게 거절당하면 더 기분이 나쁘다. 텍사스 대학의 남학생들을 대상으로 했던 실험에 따르면 남자들은 예쁜 여자에게 칭찬받거나, 좋은 평가를 받으면 안 예쁜 여자에게 그런 말을 들었을 때보다 더 기뻐했다. 반면, 예쁜 여자가 자신에게 안 좋은 말을 했을 때는 그만큼 더 기분이 나빠졌다고 한다.

정답
O

'철수'(이성재)는 '춘희'(심은하)의
다이어리를 몰래 본 후부터
그녀의 사랑 방식이
마음에 들지 않는다.

춘희의 사랑에는
기다림만이 있을 뿐,
어떤 진전도 없었기 때문이다.

- 영화 미술관 옆 동물원 -

Love skill
assessment
Class 2
접근과 대시

연애능력평가 문제지
- 제한시간 5분 -

접근과 대시

1. 여자에게 데이트 신청할 때 추천하는 표현은?
- ☐ 주말에 시간 있어요?
- ☐ 주말에 영화 보러 갈래요?
- ☐ 우리 영화 보러 가요
- ☐ 요즘 부산행 재미있다는데 주말에 보러 가요
- ☐ 우리 집에서 영화나 다운 받아 볼까? 부모님 제주도 가셨는데…

2. 남자에게 데이트 신청할 때 추천하는 표현은?
- ☐ 오빠는 솔직히 저 어떻게 생각하세요?
- ☐ 저 술 한잔 사주세요
- ☐ 저 술 좀 사주세요. 확 취해버리고 싶어요
- ☐ 저 주말에 영화 보여주세요
- ☐ 명길 씨, 나 손 좀 잡아줄래요?

3. 잘생기고 예쁜 것과 매력 있는 것의 차이는 무엇일까?
- ☐ 잘생기고 예쁜 게 매력 있다는 뜻이다
- ☐ 매력 있다는 말은 못생겼을 때 쓰는 말이다
- ☐ 눈으로 보는 외모와 마음으로 느끼는 것의 차이다
- ☐ 둘 다 같은 말이다
- ☐ 잘생기지도 않고 예쁘지도 않고 매력도 없으면 착하다고 한다

4. 호프집에서 여자가 남자들과 'eye contact'를 했다. 과연 10명 중 몇 명이 다가와 말을 걸었을까?
- ☐ 10명
- ☐ 5명
- ☐ 2명
- ☐ 여자의 외모에 따라 다르다
- ☐ 호구들만 낚인다

5. 연하의 여성을 좋아할 때 알아야 할 것이 아닌 것은?
- ☐ 최대한 젊은 트렌드를 따라가야 한다
- ☐ 나이가 많은 것을 장점으로 생각한다
- ☐ 진짜 능력은 매너와 여유다
- ☐ 그녀의 주변 사람들을 잘 챙긴다
- ☐ 빈틈을 공략한다

6. 연상의 누나를 만나는 남성들의 심리 중 틀린 것은 다음 중 무엇일까?
   ☐ 남자의 마음을 잘 이해해 줄 것 같아서   ☐ 연하보다 더 섹시하게 느껴져서
   ☐ 스킨십 측면에서 배려심이 많을 것 같아서   ☐ 엄마처럼 느껴져서
   ☐ 돈을 적게 쓸 수 있어서

7. 헬스장에 도착한 당신, 이제 막 운동을 하려고 하는데 썸타는 '그 사람'이 예고 없이 찾
   아왔다. 어떻게 하는 것이 좋을까?
   ☐ 맨발로 뛰어나간다   ☐ 왜 그냥 왔냐고 화를 낸다
   ☐ 지금 막 도착해서 운동을 조금만 해야 한다   ☐ 헬스장에 없다고 한다
      고 한다   ☐ 잠깐 들어와서 함께 운동하자고 한다

8. 한 번도 이성이라고 느껴본 적이 없었는데 얼마 전부터 이성 친구가 자꾸 눈에 들어온다.
   함께 있으면 즐겁고, 안 보면 보고 싶다. 나도 모르게 좋아하게 된 것이다. 그런데 고백을
   하자니 친구 관계조차 깨질까 봐 겁이 난다. 어떻게 하는 것이 좋을까?
   ☐ 그냥 고백한다   ☐ 친구에게 고백을 부탁한다
   ☐ 괜히 고백하면 친구도 끝난다. 친구로 남는다   ☐ 돼지엄마(?)에게 부탁한다
   ☐ 카톡으로 살짝 떠본다

9. 썸타는 사람이 있다. 그런데 솔직한 마음을 모르겠다. 상대의 마음을 확인하고 싶을 때
   어떻게 하는 것이 좋을까?
   ☐ 마음이 없는 것이다. 그냥 헤어진다   ☐ 단도직입적으로 물어본다
   ☐ 마감 효과를 활용한다   ☐ 함께 있을 때 현금이 많이 들어있는 지갑을
   ☐ 카톡을 차단한다   살짝 떨어뜨린다

10. 마음에 드는 사람이 생겼다. 애인이 있는지 알고 싶은데 어떻게 하는 것이 좋을까?
   ☐ 단도직입적으로 물어본다. "애인 있으세요?"   ☐ 칭찬을 하며 물어본다
   ☐ 친구에게 시켜서 확인하라고 한다   ☐ 일주일 동안 몰래 미행한다
   ☐ 무한도전에 의뢰한다

- 고생하셨습니다. -

Love skill
assessment

1

'갈래?' 보다는
'가자'

♥ ♥ ♥ ♥ ♥ ♥ ♥ ♥

여자에게 데이트 신청할 때 추천하는 표현은?

1 주말에 시간 있어요?

2 주말에 영화 보러 갈래요?

3 우리 영화 보러 가요

4 요즘 부산행 재미있다는데 주말에 보러 가요

5 오빠 집에서 영화나 다운 받아 볼까? 부모님 제주도 가셨
  는데…

명길: 소라 씨 주말에 시간 있어요?

소라: 있기는 한데 왜 그러시는데요?

명길: 그럼 아껴 쓰세요.

이런 남자는 없다. 남자들은 데이트를 신청하기 전에 예의상 '시간 있으세요?'라고 묻지만, 이는 여성을 경계하게 만들며, 분위기를 진지하게 만든다.

남자 입장에서는 확신이 없다 보니 '갈래요?'와 같은 문장을 쓰는 것이지만, 왠지 그렇게 진지하게 다가오는 남자와 영화라도 한번 보면 다음 주에는 상견례라도 해야 할 것 같은 느낌이 들어 부담스럽다. 따라서 거절당할 가능성을 낮추기 위해서는 여자에게 한다고 생각하지 말고, 편한 사람에게 한다고 생각하고 "우리 주말에 영화 보러 가요"라고 하는 것이 좋다. 포인트는 '우리'와 '가요'다. 관계를 강조하는 '우리'라는 단어는 썸 탈 때 자주 사용하면 좋은 단어다. '나' '너'보다는 '우리'라는 표현을 자주 사용하면 관계 개선에 도움이 된다.

추천 표현은 4번이다. 당당하게 보러 가자는 것에 더해 왜 보러 가야하는지 명분이 담겨 있기 때문이다. 밥이나 먹으러 가고, 영화나 보러가는 것이 아니다. 우리가 그것을 왜 먹고 왜 해야 하는지 당당하게 말하면 여자 입장에서 데이트 신청을 받아들이기가 쉬워진다.

전문가 의견 4번

Love skill
assessment

2

나 손 좀
잡아줄래요?

♥ ♥ ♥ ♥ ♥ ♥ ♥ ♥

남자에게 데이트 신청할 때 추천하는 표현은?

1 오빠는 솔직히 저 어떻게 생각하세요?
2 저 술 한잔 사주세요
3 저 술 좀 사주세요. 확 취해버리고 싶어요
4 저 주말에 영화 보여주세요
5 명길 씨, 나 손 좀 잡아줄래요?

명길이는 수희를 좋아하지만, 수희는 명길 오빠를 생명체 정도로 생각한다. 그런데 수희의 친한 친구 유미가 "야 명길이 오빠가 너 좋아하는 거 아냐? 솔직히 그 정도면 괜찮지 않냐? 뭐 키가 조금 작아서 그렇긴 하지만 오빠가 능력 있고, 매너 있고, 너 싫으면 내가 한번 만나볼까?" 이렇게 말해준다면 어떻게 될까? 아마 수희가 명길 오빠를 바라보는 관점에도 변화가 생길 것이다.

반대로 수희가 명길 오빠를 좋아하지만 명길이는 그녀가 별로다. 그걸 본 친구 종우가 "야 명길아, 수희 정도면 괜찮지. 이 자식 여자 볼 줄 모르네. 야, 여자가 그 정도 착하면 됐지. 너 싫으면 내가 만난다." 그러자 명길이가 말한다. "그럼 나한테 그러지 말고 네가 만나던가? 너 죽는다"

여자가 남자에게 대시를 하면 초반 성공 가능성은 남자보다 크다. 그러나 전반전, 후반전, 연장전, 승부차기까지 가더라도 한 골만 넣으면 이기는 남자의 연애와 달리 여자의 연애에는 전반전만 있을 뿐이다. 그래서 노골적인 대시보다는 전략적 접근이 훨씬 효과적이다.

1번은 대시다. "오빠는 솔직히 저 어떻게 생각하세요?"라고 물으면 남자도 바보가 아닌 이상 안다. 그러면서 반문할 것이다. "그럼 너는?" 여자는 솔직한 자신의 감정을 말할 것이고 오빠의 간택(?)을 기다리게 될 것이다. 2번과 3번은 접근이다. 술이 나오니 복잡하게 생각하지만 '맥주 한잔 사달라는 말'은 접근이며, 3번은 보통 캐릭터로는 시도하기 어려운 멘트다. 5번도 접근이다. 놀라운 사실은 "나 손 좀 잡아줄래요?" 이 방법이 뜻밖에 효과가 좋다는 것이다. 남자들이 이런 부분에서는 상당히 자애로운 측면이 있어서 여자가 문득 "저 손 좀 잡아줄래요?"라고 하면 잡아 준다. 손을 잡는 순간부터 그녀에 대한 관점이 달라지고, 생각이 앞서가기 시작하며 이는 관계에 영향을 미친다. 이 역시 아무나 사용할 수 없는 멘트지만 효과는 있다.

추천하는 표현은 4번이다. 고민할 것 없이 카톡으로 "명길 씨, 저 주말에 영화 보여주세요."라고 보내면 끝이다. 관심이 있다면 보여줄 것이다. 만약 바쁘다는 평계를 댄다면 '의지'를 보면 된다. 보여주고 싶지만 정말 바쁜 남자라면 다른 시간으로 변경하거나, 잠깐이라도 볼 수 있는 시간을 만들 것이다. 바쁘다면서 다른 약속을 잡지 않는다면 이건 마음이 없다는 뜻이다. 혹시라도 "명길 씨가 벌면 얼마나 버신다고요. 영화는 제가 보여드릴게요." 이런 멘트는 비추다.

전문가 의견 **4번**

Love skill
assessment

3

잘생김 vs
매력

♥ ♥ ♥ ♥ ♥ ♥ ♥ ♥

잘생기고 예쁜 것과 매력 있는 것의 차이는 무엇일까?

1 잘생기고 예쁜 게 매력 있다는 뜻이다

2 매력 있다는 말은 못생겼을 때 쓰는 말이다

3 눈으로 보는 외모와 마음으로 느끼는 것의 차이다

4 둘 다 같은 말이다

5 잘생기지도 않고 예쁘지도 않고 매력도 없으면 착하다고

한다

잘생기고 예쁜 것은 보이는 것이고 보편성을 띤다. 내 눈에 잘생기고 예쁜 사람은 남의 눈에도 평균 이상은 하게 마련이다. 그러나 매력은 느끼는 것이라 매우 주관적이다. 명길이에게는 민영이가 너무 매력 있지만 상철이 눈에는 그냥 생명체로 보일 수 있다. 누군가 마음에 드는 사람이 생겼다면 냉정하게 자신을 돌아봐라. 당신은 잘생기고 예쁜 사람인가? 아니면 알면 알수록 매력 있는 사람인가? 잘생기고 예쁜 사람은 '단기전'도 효과적이지만, 초반에 확 끌리는 사람이 아니라면 서서히 알아가면서 다가가는 전략이 보다 효과적이다.

전문가 의견 3번

호프집
실험

♥ ♥ ♥ ♥ ♥ ♥ ♥ ♥

호프집에서 여자가 남자들과 'eye contact'를 했다. 과연
10명 중 몇 명이 다가와 말을 걸었을까?

1 10명

2 5명

3 2명

4 여자의 외모에 따라 다르다

5 호구들만 낚인다

심리학자 데브라 월시와 제이 휴이트의 연구를 보면 남자는 가능성을 보고 '고앤스톱(GO&STOP)' 타이밍을 결정한다. 저녁 8시에서 9시 사이, 한 매력적인 여성이 호프집 바에 앉아 있다. 실험을 위해 그녀는 바에 있는 남자들을 쳐다보며 3가지 실험을 했다. 먼저 눈을 마주치고 미소를 보인 경우 10명 중 6명이 그녀에게 다가와 말을 걸었다. 반면 쳐다보기는 했지만 웃지는 않았을 경우 2명이 말을 걸어왔다. 쳐다보지도 않고 무표정으로 있었던 경우에는 한 명도 다가오지 못했다.

남자는 누울 자리를 보고 다리를 뻗는다. 먼저 다가가려고 노력할 필요가 없다. 그저 쳐다보고 웃어주면 된다. 남자는 여자의 그런 눈웃음에 가능성과 매력을 느끼게 되며, 용기가 생겨 다가오게 된다.

전문가의견 2번

어린 여자
유혹하기

♥ ♥ ♥ ♥ ♥ ♥ ♥ ♥

연하의 여성을 좋아할 때 알아야 할 것이 아닌 것은?

1 최대한 젊은 트렌드를 따라가야 한다
2 나이가 많은 것을 장점으로 생각한다
3 진짜 능력은 매너와 여유다
4 그녀의 주변 사람들을 잘 챙긴다
5 빈틈을 공략한다

요즘은 한두 살은 연하로 치지도 않는다. 그러나 한 일곱 살 이상 차이가 난다면 억지로 트렌드를 따라가려고 노력할 필요 없다. 그런 부담을 가지고 상대를 대할수록 오히려 아저씨가 될 뿐이다. 그녀가 초등학생 때 당신은 대학생이었기에 다른 문화를 공유한 것은 당연하다. 이럴 때는 나이가 많은 것이 세월의 흔적이 아닌 능력의 증거임을 보여줘야 한다. 또래 남자들이 학업과 취업 또는 이제 막 사회생활을 시작하여 허덕거릴 때 이미 그 과정을 지나 자리를 잡은 여유로움으로 어필해라. 어린 남자들이 자신을 챙기는 것도 벅찰 때 당신은 그녀와 그녀의 주변 사람들까지 챙길 수 있는 여유를 느끼게 해줘라. 단, 나이가 많은데 여유가 없다면 함정.

전문가의견 **1번**

누나가 좋은
이유

♥ ♥ ♥ ♥ ♥ ♥ ♥ ♥

연상의 누나를 만나는 남성들의 심리 중 틀린 것은 다음 중
무엇일까?

1 남자의 마음을 잘 이해해 줄 것 같아서

2 스킨십 측면에서 배려심이 많을 것 같아서

3 돈을 적게 쓸 수 있어서

4 연하보다 더 섹시하게 느껴져서

5 엄마처럼 느껴져서

듀오가 미혼남성을 대상으로 설문조사 했는데, 그 결과 미혼남성의 42.4%가 연상의 누나와 만나는 것에 긍정적인 것으로 나타났다. 미혼남성들이 왜 누나를 만나고 싶어 할까? 1위는 '남자의 마음을 잘 이해해 줄 것 같아서'였다. 아무래도 동생보다는 누나가 좀 더 배려심이 많을 것 같다는 것이다. 2위는 '스킨십 측면에서도 배려심이 많을 것 같아서'였다. 아무래도 동생보다 눈치를 덜 볼 수 있고, 동생보다 스킨십에 적극적일 것 같다는 기대감에서 나온 답변이다. 3위는 '돈을 적게 쓸 수 있어서', 4위는 '연하보다 섹시하게 느껴져서'라는 답이 뒤를 이었다.

엄마처럼 느껴진다는 의견은 없었으며, '어린 여자와 교제하는 것이 부담스러워서'라는 응답이 7번째로 많았다. 진화론적 관점에서 보면 남자는 자신보다 3살 정도 어린 여자를 선호하는 것이 정상이다. 허나 요즘 상황을 보면 진화론이 진화하고 있다는 생각이 든다. 과연 이것이 사회 경제적 상황으로 인한 해프닝으로 끝날지? 아니면 정말 진화론이 진화하고 있는 것인지는 나도 결과가 궁금하다.

Love skill
assessment
7

비싼 여자

♥ ♥ ♥ ♥ ♥ ♥ ♥ ♥

헬스장에 도착한 당신, 이제 막 운동을 하려고 하는데 썸타는
'그 사람'이 예고 없이 찾아왔다. 어떻게 하는 것이 좋을까?

1 맨발로 뛰어나간다

2 지금 막 도착해서 운동을 조금만 해야 한다고 한다

3 왜 그냥 왔냐고 화를 낸다

4 헬스장에 없다고 한다

5 잠깐 들어와서 함께 운동하자고 한다

맨발로 뛰어나가고 싶겠지만 참아야 한다. 날 더 좋아하고, 보고 싶게 만들고 싶다면 2번을 선택해야 한다. 이때 센스 있게 말하는 것이 중요하다. 나도 보고 싶은데 지금 막 와서 딱 20분만 러닝머신이라도 뛰고 나가겠다며, 근처 맛있는 커피숍 위치를 말해주면 된다. 남자는 좋아하는 사람이 생기면 LA까지 가는 것도 번거롭게 생각하지 않는 법이다. 그러니 그 정도는 기다리는 것 때문에 너무 미안해할 필요 없다.

가능하다면 5번도 좋다. 단, 남자가 자신을 보러 온 것이라면 가능하지만, 여자가 보러 온 것이라면 여자는 화장으로 인해 땀을 흘리기가 어렵다. 함께 운동이 어렵다면 잠깐 들어와서 보고 있으라고 해도 무방하다.

사람은 자기 마음대로 할 수 있는 사람을 좋아한다. 그러나 자기 마음대로 할 수 없는 사람은 사랑한다.

전문가의견 *2번*

Love skill
assessment

8

말이 필요 없는
고백

♥ ♥ ♥ ♥ ♥ ♥ ♥ ♥

한 번도 이성이라고 느껴본 적이 없었는데 얼마 전부터 이성 친구
가 자꾸 눈에 들어온다. 함께 있으면 즐겁고, 안 보면 보고 싶다.
나도 모르게 좋아하게 된 것이다. 그런데 고백을 하자니 친구 관
계조차 깨질까 봐 겁이 난다. 어떻게 하는 것이 좋을까?

1 그냥 고백한다
2 괜히 고백하면 친구도 끝난다. 친구로 남는다
3 카톡으로 살짝 떠본다

4 친구에게 고백을 부탁한다

5 돼지엄마(?)에게 부탁한다

♥ ♥ ♥ ♥ ♥ ♥ ♥

사랑을 심장에 비유하는 이유는 '불수의근'이기 때문이다. 심장을 통제할 수 없듯, 사랑이란 감정도 컨트롤 할 수 없기 때문이다. 어떤 이유에서든지 친구를 좋아하게 됐다면 예전 같은 그냥 친구 관계로 돌아갈 수는 없다. 그렇다고 그냥 고백하자니 겁나고, 안 하자니 답답한 상황, 어떻게 하는 것이 좋을까? 일단 고백은 해야 한다. 고백하면 성공 또는 실패고, 안 하면 그냥 실패기 때문이다. 일단 감정이 생겼다면 볼 때마다 나 혼자 힘들어하고 아파할 것이 뻔하기에 친구처럼 지내기도 어렵다.

어떻게 고백해야 할까? 친구 사이라면 우선 추천 방법은 '스며들기 전략'이다. 당신을 생명체로 보는 그(그녀)에게 당신이 이성임을 느끼게 해주는 것이다. 단둘이 있는 시간을 자주 만들고 함께 하다 보면 어디선가 틈이 보일 것이다. 만약 어렵다면 제3자의 도움을 받는 것도 좋은데, 냉정한 제3자 입장에서 '나'의 장점을 상대에게 은근히 전달하는 것이다. 이 경우는 여자가 남자를 좋아할 때보다 남자가 여자를 좋아할 때 효과가 크다.

만약 내가 친구를 좋아한다면 말로 고백하지 않을 것이다. 둘만의 시간을 만들고 그 날은 술도 한잔하자고 할 것이다. 분위기가 좋아지고 용기가 생기면 그녀의 옆에 앉아 말없이 손을 꽉 잡을 것이다. 말로 표현하지 않아도 전달할 수 있고, 어떤 결과가 나오더라도 어제보다는 속시원한 결론이 날 것이다.

카톡으로 상대를 떠보는 건 여자가 남자에게 할 때 더 효과적이고, 고백은 직접 해야 맛이다.

전문가의견 1번

마감 효과
전략

♥ ♥ ♥ ♥ ♥ ♥ ♥ ♥

썸타는 사람이 있다. 그런데 솔직한 마음을 모르겠다. 상대
의 마음을 확인하고 싶을 때 어떻게 하는 것이 좋을까?

1 마음이 없는 것이다. 그냥 헤어진다

2 마감 효과를 활용한다

3 카톡을 차단한다

4 단도직입적으로 물어본다

5 함께 있을 때 현금이 많이 들어있는 지갑을 살짝 떨
  어뜨린다

사귈 거면 사귀자고 하든지 아니면 그냥 끝내든지 이건 손도 잡
고 데이트도 하는데 사귀는 사이는 아니다. 그게 2주, 한 달이면 괜찮은
데 벌써 석 달째라면 셈이 복잡해진다. 가장 좋은 건 단도직입적으로
물어보는 건데 그럴 성격이었으면 이런 고민을 하고 있을 리 없다. 그
렇다면 '마감 효과 전략'을 생각해 볼 수 있다. 홈쇼핑에 나오는 것으로
그냥 볼 때는 구매 욕구가 들지 않았는데, 갑자기 마감 5분 전, 수량 한
정 문구가 번쩍번쩍하면 나도 모르게 전화를 걸고 있는 현상을 말한다.

『설득의 심리학』이란 책으로 유명한 로버트 치일다니의 동생은 중고
차 딜러다. 그는 자동차를 매우 잘 팔았는데 그의 전략 중 하나가 이것
이다. 보통은 차를 보러 오겠다고 할 때는 한 번에 한 명씩 상담하는 것
이 보통인데 그는 두 사람이 동시에 한 대의 차를 보게 했다. 둘 중 한
명이 차에 관심을 나타내면 혹시라도 좋은 차가 팔릴까? 서로 먼저 계
약을 하겠다고 했단다. 마감 효과 전략을 이용한 것이다.

오늘도 친구로 만날 수 있고, 내일도 친구로 만날 수 있는데 굳이 어
떤 책임감을 느껴가면서까지 사귈 필요가 있을까? 더는 상대를 못 만
날 수도 있다는 것을 느끼게 되면 자신도 몰랐던 자기 마음을 알게 될
수 있다.

전문가 의견 2번

애인 유무
확인법

♥ ♥ ♥ ♥ ♥ ♥ ♥ ♥

마음에 드는 사람이 생겼다. 애인이 있는지 알고 싶은데 어
떻게 하는 것이 좋을까?

1 단도직입적으로 물어본다. "애인 있으세요?"
2 친구에게 시켜서 확인하라고 한다
3 무한도전에 의뢰한다
4 칭찬을 하며 물어본다
5 일주일 동안 몰래 미행한다

단도직입적으로 물어보는 스타일이라
면 이런 질문으로 고민하지도 않았다. 예전에 무
한도전 연애조작단 편에서 한 남성이 짝사랑 고민
을 의뢰한 적이 있었다. 무한도전 팀이 확인한 결과
그녀에게 애인이 있다는 사실이 밝혀지며 미션이 실패했
었다. 개인적으로 왜 그 남자가 짝사랑만 하다 실패했는지 알 수 있었
다. 고백도 아니고 애인 유무조차 확인할 수 없어 다른 사람에게 의뢰
하는 사람은 매력이 없다.

직접 물어보는 것이 좋겠지만, 너무 들이대는 것 같아 부담스럽다면
4번이다. "혜정 씨 오늘 스타일이 너무 예뻐요. 남자친구 만나러 가시
나 봐요?" 이렇게 물어보면 끝이다. 그럼 "저 남친 없는데…" "남친은
바빠요. 그냥 친구 만나러 가요"처럼 뭔가 단서가 될 만한 답이 돌아올
것이다. 요즘 세상에 5번은 큰일 난다. 짝사랑도 정도껏 해야지 심하면
병이고, 범죄가 된다.

전문가 의견 **4번**

첫눈에 빠지는 사랑은
가능하다.

해설 ———————•

첫눈에 빠지는 사랑을 믿는 사람들이 많다. 예전에 「USA 투데이」에 첫눈
에 빠지는 사랑은 과연 가능한가? 에 대해 인간관계 전문가 15명이 의견
을 밝혔다. 그 의견을 종합해보면 15명 중 13명은 첫눈에 빠지는 사랑이
불가능하다고 답했다. 먼저 『화성에서 온 남자, 금성에서 온 여자』로 유명
한 존 그레이는 "남녀가 사랑에 빠지기 위해서는 호감, 반신반의, 독점, 친
밀감, 결혼 약속 등의 단계를 거쳐야 하므로 만나자마자 사랑에 빠지는 것
은 어렵다."고 했고, 『상대방이 당신을 사랑하도록 만드는 법』의 저자 레일
라운즈는 "첫눈에 반했다는 말은 사실은 맺어지고 나서 나중에 그렇게 생
각해 버리는 것"이라고 했다. 『우리는 왜 사랑에 빠졌을까?』의 저자 캐시
트루프는 연인 사이에는 희망, 투사, 각성, 애착 등의 단계가 있다며, "만나

서 호감을 느낄 수는 있지만, 그것이 바로 사랑은 아니다."고 했다.

다행히도 『결혼의 과학』의 저자 앤서니 월쉬가 "첫눈에 사랑에 빠지는 것은 불가능한 것은 아니지만, 일반적인 현상은 아니다."고 했다.

첫눈에 빠지는 사랑을 기대하는 사람들은 믿지 않겠지만, 전문가들은 말한다. 첫눈에 반하는 것은 그 사람의 외모에 의존한 '호감'일 뿐이다. 사람들은 그것을 '사랑'으로 착각하는 것이다.

호감은 내가 먼저 연락하지 않아도
만남이 이루어진다.
상대가 먼저 연락하고,
만날 기회를 만들기 때문이다.

반면, 내가 먼저 노력해야만
만남이 이루어지고,
그마저도 쉽지 않다면 이는
'호의'(친절)일 뿐이다.

- 호감과 호의 구별법 -

연애능력평가 문제지
- 제한시간 5분 -

밀당 영역

1. 누군가를 좋아하고 있다. 이때 밀고 당기기는 정말 효과가 있을까?
   - ☐ 당밀을 해야 한다
   - ☐ 관심 없는 듯 밀어야 한다
   - ☐ 밀당은 효과가 없다
   - ☐ 밀당 따위는 필요 없다
   - ☐ 엄마한테 물어보고 결정한다

2. 3년째 연애 중이다. 밀당을 하고 싶은데 어떻게 해야 할까?
   - ☐ 밀당 따위 필요 없다
   - ☐ 이성 사람 친구를 만든다
   - ☐ 밤에 자꾸 나간다
   - ☐ 양다리를 걸친다
   - ☐ 잘 먹여서 돼지를 만든 후 나밖에 못 만나게 한다

3. 호감을 느끼고 있는 사람이 있다. 그 사람이 갑자기 오늘 저녁에 함께 영화를 볼 수 있냐고 물어본다. 어떻게 하는 것이 좋을까?
   - ☐ "당연히 좋죠"라고 말한다
   - ☐ "그럼 팝콘은 제가 살게요"라고 한다
   - ☐ 단호박처럼 거절한다
   - ☐ 오늘 저녁은 약속이 있다고 하고 다음 주에 보자고 한다
   - ☐ 너랑은 같이 숨도 쉬기 싫어졌다고 한다

4. '호의'(친절)가 아닌 '호감'의 멘트 또는 액션은 무엇일까?
   - ☐ "우리 시험공부 같이하자." 당당하게 말한다
   - ☐ "공부하다가 모르는 것 있으면 오빠한테 언제든지 전화해." 슬쩍 던진다
   - ☐ "민주야, 너 소비자 행동론 수업 듣지? 오빠가 지난번에 면접 때문에 수업을 두 번 빠졌는데, 오빠 조금만 도와줘라. 딱 15분만 내줘, 더 안 뺏을게. 부탁 좀 할게." 정에 호소한다
   - ☐ "오빠가 맛있는 거 사줄게, 오빠랑 같이 공부하자." 먹는 걸로 유혹한다
   - ☐ "나랑 공부 같이 안 하면 나 군대 간다." 되지도 않는 거로 협박한다

5. 그냥 싫다고 하면 되지. 왜 "나한테 과분한 사람이다" "내가 지금은 연애할 때가 아니야!" 같은 말을 하는 것일까?

　□ 진짜로 과분해서　　　　　　　□ 나중에 마음이 변할까 봐
　□ 정말로 과분여서　　　　　　　□ 연애는 학자금 대출 갚은 후에 하려고
　□ 나쁜 사람이 되기 싫어서

6. 소개팅을 하는 중이다. 상대와 좀 더 가까워질 수 있는 표현은 무엇일까?

　□ 밥은 제가 살게요　　　　　　　□ 돈을 빌려준다
　□ 밥도 제가 사고 술도 제가 살게요. 제발 만나만 주　□ 다음에 또 보자고 한다
　　세요　　　　　　　　　　　　　□ 지갑에 현금을 가득 넣은 뒤 일부러 떨어뜨린다

7. 명길 씨는 밀당을 못한다. 그렇다고 말도 잘 못해서 고백하기도 어렵다. 좋은 고백 방법이 없을까?

　□ 호텔 스카이라운지에서 하면 된다　□ 지긋이 손을 잡는다
　□ 술을 먹은 다음 하면 된다　　　　□ 지긋이 턱을 잡는다
　□ 술을 먹인 다음 하면 된다

8. 좋아하는 사람이 생겼다. 카톡을 보내고 싶은데 언제 보내는 것이 좋을까?

　□ 매일 아침 모닝콜을 해준다　　　□ 시도 때도 없이 한다
　□ 매일 아침 안부 인사를 한다　　　□ 밤 11시에 한다
　□ 점심 먹고 바로 한다

9. 상대를 당기는 가장 확실한 방법은 무엇일까?

　□ 뭔가를 계속 사준다　　　　　　□ 줄로 묶은 다음 확실히 당긴다
　□ 만나는 기회를 계속 만든다　　　□ 부모님께 홍삼을 보낸다
　□ 다른 사람을 만난다

10. 2년을 교제한 미숙 씨. 남자친구가 예전과 다르게 말도 퉁명스럽게 하고, 주말에도 자기 혼자 약속을 잡는 등 뭔가 좀 서운하다. 어떻게 하는 것이 좋을까?

　□ 대판 싸운다　　　　　　　　　□ 친구를 통해서 내 마음을 전달한다
　□ 왕경태 전략을 사용한다　　　　□ 바람피우는 것이 확실하다. 뒤를 밟는다
　□ 나도 서운하게 만든다

- 고생하셨습니다. -

Love skill
assessment

1

밀당 이론

♥ ♥ ♥ ♥ ♥ ♥ ♥ ♥

누군가를 좋아하고 있다. 이때 밀고 당기기는 정말 효과가
있을까?

1 밀당을 해야 한다
2 관심 없는 듯 밀어야 한다
3 밀당은 효과가 없다
4 밀당 따위는 필요 없다
5 엄마한테 물어보고 결정한다

혼자서 좋아한다. 그래서 열심히 전화하고 카톡을 보내는데, 상대 반응이 시원치 않다. "내가 너무 따라다녀서 날 우습게 보나?" 문득 자존심이 상하자 연락을 하지 않기로 한다. 하루, 이틀, 삼일 마침내 일주일이 지났다. 목소리가 듣고 싶었지만 정말 꾹 참은 일주일이 지나고 생각한다. 전화를 하면 날 반갑게 맞아주겠지? 설레는 마음으로 전화를 했다. "오랜만이다. 잘 지냈어?" 그러자 상대가 말한다. "뭐가 오랜만이야. 그저께 통화 했으면서" 실패하는 연애의 정석이다.

연애 초반, 나는 상대에게 관심이 있는데 상대는 그 정도 관심이 없는 것 같다면 '밀당'이 아닌 '당밀'이 효과적이다. 나에게 관심이 없는 사람은 내가 튕긴다고 날 신경 쓰지 않기 때문에 오히려 그런 경우 '살짝 당기는 것'이 먼저다. 이를 통해 상대가 나에 대한 관심이 생기게 되고, 나를 바라보는 관점을 바꿔야 한다. 이렇게 조금씩 '조금씩 당겨' 상대에게 스며들어야 한다. 내가 며칠 동안 연락을 안 하면 "왜 요즘 조용하지?"라고 기다릴 정도까지 당겨야 한다. 밀기는 그 이후부터다.

전문가 의견 1번

Love skill
assessment

2

커플 밀당

♥ ♥ ♥ ♥ ♥ ♥ ♥ ♥

3년째 연애 중이다. 밀당을 하고 싶은데 어떻게 해야 할까?

1 밀당 따위 필요 없다

2 이성 사람 친구를 만든다

3 밤에 자꾸 나간다

4 양다리를 걸친다

5 잘 먹여서 돼지를 만든 후 나밖에 못 만나게 한다

연애 초반에는 '당밀'이 효과적이지만, 연애 중 '밀당'은 전략 같은 것을 쓰는 것이 아니다. 진정한 밀당은 '상대 없이도 행복하게 살 수 있는 나를 만드는 것'이다. 그러기 위해서는 친한 친구가 있어야 하며, 몰입할 수 있는 일과 취미도 있어야 한다. 상대의 전화만 기다리며 카톡 메시지 하나에 천국과 지옥을 오가는 그런 상황에서 벗어나야 한다. "당신이 어디 가서 나 같은 사람을 만나?"라고 당당하게 말할 수 있는 나를 만드는 것. 나를 더 멋지게 만들어 그 때문에 상대도 멋져지게 하는 것. 그것이 연애 중에 할 수 있는 진정한 밀당이다. 나머지는 소소한 잔기술일 뿐이다.

밀기의
기술

♥ ♥ ♥ ♥ ♥ ♥ ♥ ♥

호감을 느끼고 있는 사람이 있다. 그 사람이 갑자기 오늘 저
녁에 함께 영화를 볼 수 있냐고 물어본다. 어떻게 하는 것이
좋을까?

1 "당연히 좋죠"라고 말한다

2 "그럼 팝콘은 제가 살게요"라고 한다

3 단호박처럼 거절한다

4 오늘 저녁은 약속이 있다고 하고 다음 주에 보자고 한다

5 너랑은 같이 숨도 쉬기 싫어졌다고 한다

"귀찮게 밀당 같은 게 뭐가 필요해"라고 생각한다면 1번이 답이다. 당신이 여자라면 개인적으로 2번은 추천하지 않는다. 당신에게 데이트 신청을 한 남자에게 중요한 것은 '팝콘을 누가 살까?'가 아니다. 그러니 착한 여자 콤플렉스에서 벗어나 그가 팝콘도 사고, 밥도 사게 놔둬도 된다. 그럴수록 그는 당신이 더 좋아진다. 괜히 "명길 씨가 벌면 얼마나 버신다고요. 팝콘은 제가 살게요." 이런 배려를 할 필요 없다.

당일 약속이 부담스러워 거절해야 한다면 단호박처럼 거절하는 것은 좋지 않다. 요즘은 이성보다 나를 더 사랑하는 남자들이 많아 한 번 거절당하면 끝인 경우가 많다. 이럴 때는 레인체크 전략이 효과적이다.

'Give a rain check'는 나중으로 연기한다는 뜻으로, 'rain check'는 비 때문에 야구가 연기됐을 때 주는 '우천시 입장 보상권'을 의미한다. 예를 들어 명길이가 정미에게 주말에 영화를 보러 가자고 했다. 그런데 정미가 "제가 주말에 약속이 있어서요. 죄송해요."라고 하면 명길이는 충격을 받고 정미에 대한 용기도 꺾일 것이다. 반대로 정미가 "죄송해요. 제가 주말에 약속이 있어서요. 대신 다음 주에 보여주시면 안 돼요?"라고 한다면 어떨까? 명길이는 거절을 당해 아쉽지만 다음 주 약속을 기다리며 기대감에 차오를 것이다. 물론 정미에 대한 용기도 꺾이지 않고 말이다.

밀당 따윈 필요없다 **1번**
상대가 나를 좀 더 좋아해 줬으면 **4번**

help me
전략

♥ ♥ ♥ ♥ ♥ ♥ ♥ ♥

중간고사 기간이다. 오징어 씨가 민주와 함께 시험공부를
하고 싶다. 어떻게 다가가는 것이 좋을까? (참고로 선후배 사
이일 뿐 함께 공부하자고 할 정도의 사이는 아니다.)

1 "우리 시험공부 같이하자." 당당하게 말한다
2 "공부하다가 모르는 것 있으면 오빠한테 언제든지 전화
   해." 슬쩍 던진다
3 "민주야, 너 소비자 행동론 수업 듣지? 오빠가 지난번에
   면접 때문에 수업을 두 번 빠졌는데, 오빠 조금만 도와줘
   라. 딱 15분만 내줘, 더 안 뺏을게. 부탁 좀 할게." 정에 호
   소한다

4 "오빠가 맛있는 거 사줄게, 오빠랑 같이 공부하자." 먹는
   걸로 유혹한다
5 "나랑 공부 같이 안 하면 나 군대 간다." 되지도 않는 거로
   협박한다

♥ ♥ ♥ ♥ ♥ ♥ ♥ ♥

연애의 'help me' 전략이다. 누군가를 좋아하게 되면 자
꾸 무언가를 주려고 하지만, 정말 친해지고 싶다면 무언가를 주는 것이
아닌 받을 줄 알아야 한다. 사람은 자신이 도움을 줄 수 있고, 그것을 고
마워하는 사람에게 마음을 열게 된다.

당당하게 공부하자고 하면 민주가 오징어랑 공부해줄까? 아마도 "오
빠 전 그냥 혼자 하는 게 편해서요." 하며 피할 것이다. 영원히. 모르는
것 있으면 물어보라고 슬쩍 던지면 전화를 할까? 당신이 과 톱이거나,
과거 시험 족보를 모두 가지고 있다면 모를까. 아니라면 연락이 안 올
것이다. 영원히. 먹을 것 때문에 넘어오지는 않고, 5번 같은 협박은 엄
마한테나 통하는 것이다.
    답은 3번이다. 상대가 잘하는 것을 파악해서 무리하지 않는 선에서

도움을 요청하는 것이다. 딱 15분만 시간을 달라고 하면 선배의 부탁을 거절하기도 쉽지 않을 것이다. 그런 다음 몇 가지 배우고 나서 고맙다고 밥을 한 끼 사겠다는 명분을 만들면 된다. 그렇게 도움을 받으며 심리적, 공간적으로 가까워지는 것이 누군가와 친해지는 좋은 방법의 하나다.

전문가 의견 **3번**

Love skill
assessment

5

숨은 뜻
찾기

♥ ♥ ♥ ♥ ♥ ♥ ♥ ♥

그냥 싫다고 하면 되지. 왜 "나한테 과분한 사람이다" "내가
지금은 연애할 때가 아니야!" 같은 말을 하는 것일까?

1 진짜로 과분해서

2 정말로 과부여서

3 나쁜 사람이 되기 싫어서

4 나중에 마음이 변할까 봐

5 연애는 학자금 대출 갚은 후에 하려고

차라리 그냥 싫다고 하면 포기라도 할 텐데 "넌 정말 좋은 사람이야." 같은 말을 들으면 '혹시나'하는 기대감에 포기를 못 한다. 이는 희망 고문의 심리와 관련이 있다. 사람은 이성적으로 판단하려고 노력하지만 사실 감정에 의한 판단을 한다. 감정 중에 특히 '두려움'과 '희망'이라는 감정의 영향을 크게 받는다. 예를 들면 로또복권 1등 당첨확률은 814만 분의 1이다. 이는 벼락을 맞고 죽을 확률보다 낮은 사실상 '제로'에 가까운 확률이다. 그러나 사람들은 제로가 아니므로 '혹시나'하는 마음에 복권을 산다. 실패하는 연애도 마찬가지다.

왜 냉정하게 거절을 하지 못할까? 사람은 타인에게 나쁜 사람으로 보이고 싶지 않은 심리가 있다. 그래서 대놓고 하는 거절이 아닌 완곡한 거절을 하는데 그때 사용하는 표현들이 위와 같은 말들이다. 심리학에서도 사람이 쉽게 거절하지 못하는 심리를 이용해 세일즈나 협상 등에 사용하는 전략을 만들기도 한다.

참고로 "지금은 연애할 때가 아니야!" 같은 표현에는 한 단어가 생략되어 있다고 보면 된다. 바로 "너랑"이다. "내가 지금은 너랑 연애할 때가 아니야!"

전문가 의견 3번

또 만나요
전략

♥ ♥ ♥ ♥ ♥ ♥ ♥ ♥

소개팅을 하는 중이다. 상대와 좀 더 가까워질 수 있는 표현
은 무엇일까?

1 밥은 제가 살게요
2 밥도 제가 사고 술도 제가 살게요. 제발 만나만 주세요
3 돈을 빌려준다
4 다음에 또 보자고 한다
5 지갑에 현금을 가득 넣은 뒤 일부러 떨어뜨린다

다음에 또 만나요~

심리학자 시부야 쇼조는 상대에 대한 나의 호감을 보여
줌으로써 나에 대한 상대의 호감도를 높이는 표현이 있다고 한다. 바
로 "다음에 또 만나요"다. 자신을 우호적으로 생각하는 사람을 더 근사
하게 생각하는 경향을 파악한 표현으로 '접근'의 방법 중 하나다. 부작
용 없이 사용 가능한 멘트로 남자가 여자에게 사용할 때보다 여자가 남
자에게 사용할 때 좀 더 효과가 크며, 상대로 하여금 "얘가 나한테 관심
있나?"하는 느낌을 준다.

전문가의견 **4번**

Love skill
assessment

7

고백기술

♥ ♥ ♥ ♥ ♥ ♥ ♥ ♥

명길 씨는 밀당을 못한다. 그렇다고 말도 잘 못해서 고백하
기도 어렵다. 좋은 고백 방법이 없을까?

1 호텔 스카이라운지에서 하면 된다
2 술을 먹은 다음 하면 된다
3 술을 먹인 다음 하면 된다
4 지긋이 손을 잡는다
5 지긋이 턱을 잡는다

고백은 마음을 확인하는 과정이지 되돌리는 과정이 아니다. 따라서 호텔에서 하든, 술을 마시고 하든 심지어 손이 아니라 턱을 잡더라도 싫다는 사람의 마음을 되돌릴 수는 없다. 충동적으로 하는 고백이 실패하는 이유다. 보통 고백을 마음먹었다면 어느 정도 가능성을 봤다는 말이다. 사람들은 고백할 때 말을 잘해야 한다고 착각하는데, 굳이 말을 잘할 필요는 없다. 중요한 것은 "널 많이 좋아한다" "너와 사귀고 싶다"는 마음을 잘 전달하는 것이다.

말로 표현하는 것이 어렵다면 몸으로 말을 해줘도 된다. 함께 길을 걷다 손을 잡아도 되고, 팔짱을 껴도 된다. 그럼 마음이 전달되고, 상대 역시 본인의 솔직한 생각을 말해줬다. 돌이켜보면 늘 성공했던 것은 아니다. 그러나 진심으로 좋아했던 경우에는 상대가 잘 받아줬다. 참고로 손을 잡기 전에는 깨끗이 씻고, 핸드 드라이어로 따뜻하고 뽀송뽀송하게 만들면 좋다.

전문가 의견 *4번*

카톡
주의사항

♥ ♥ ♥ ♥ ♥ ♥ ♥

좋아하는 사람이 생겼다. 카톡을 보내고 싶은데 언제 보내
는 것이 좋을까?

1 매일 아침 모닝콜을 해준다
2 매일 아침 안부 인사를 한다
3 점심 먹고 바로 한다
4 시도 때도 없이 한다
5 밤 11시에 한다

『주홍글씨』의 작가 나다니엘 호손이 말했다. "행복은 나비와 같아서 잡으려고 하면 날아가 버리고 가만히 있으면 당신의 어깨에 내려와 앉는다." 여기서 '행복'이란 단어를 '사랑'으로 바꿔도 된다.

좋아하는 사람이 생기면 시도 때도 없이 카톡을 한다. 서로가 같은 비중으로 주고받는다면 문제가 없지만, 상대는 반응이 없는데 나만 열심히 연락하고 있다면 카톡이 공짜일지라도 말리고 싶다. 시도 때도 없이 하는 연락은 상대의 관심을 얻지 못한다. 이왕 연락을 한다면 '매일 고정적인 시간'에 하는 것이 좋다. 마치 파블로프의 실험처럼 말이다.

나라면 매일 저녁 11시 정도에 메시지를 보내겠다. 특별한 약속이 없다면 일을 끝내고 샤워까지 모두 했을 시간이다. 컴퓨터를 하거나 누워서 전화기 등을 집중해서 보고 있을 시간이다. 이때 연락을 하면 상대의 주목을 끌기 좋다. 무엇보다 매일 밤 11시에 연락을 하던 사람이 연락을 안 하면 좀 더 궁금해지지 않을까?

전문가 의견 5번

물드는
연애

♥ ♥ ♥ ♥ ♥ ♥ ♥ ♥

상대를 당기는 가장 확실한 방법은 무엇일까?

1 뭔가를 계속 사준다

2 만나는 기회를 계속 만든다

3 다른 사람을 만난다

4 줄로 묶은 다음 확실히 당긴다

5 부모님께 홍삼을 보낸다

첫눈에 사랑에 빠질 정도로 뛰어난 외모가 아니라면 서서히 물들게 하여야 한다. 그중에서도 가장 확실하게 상대를 물들이는 방법은 '자주 보는 것'이다. 심리학을 모르는 사람도 '단순노출효과'(mere exposure effect)는 안다. 자주 보면 호감도가 상승한다는 말인데, 연애에서 말하는 "자주 보면 정든다"는 말과 같다. 그래서 연애 전략의 기본은 좋아하는 사람과 자주 만나고, 무언가를 함께 할 기회를 만드는 것이다.

선물은 순간적인 호감은 끌어낼 수 있으나 그것을 언제까지 지속할 수 없다면 매력으로 이어지지 않는다. 다른 사람에게 관심을 보이는 것이 효과가 있으려면 상대도 나에 대한 호감이 있을 때나 가능하다. 줄로 묶는 행동은 경찰을 부르게 될 것이고, 부모님께 홍삼을 보내는 것은 좋은 방법이다. 다만 짝사랑이라면 무한도전 멤버들처럼 뻔뻔해질 각오가 되어 있을 때 해야 하고, 아니라면 그냥 썸이라도 타면 그때 하길 추천한다.

전문가 의견 2번

왕경태
전략

♥ ♥ ♥ ♥ ♥ ♥ ♥ ♥

2년을 교제한 미숙 씨. 남자친구가 예전과 다르게 말도 퉁명
스럽게 하고, 주말에도 자기 혼자 약속을 잡는 등 뭔가 좀 서
운하다. 어떻게 하는 것이 좋을까?

1 대판 싸운다

2 왕경태 전략을 사용한다

3 나도 서운하게 만든다

4 친구를 통해서 내 마음을 전달한다

5 바람피우는 것이 확실하다. 뒤를 밟는다

학창시절 후배의 상담을 했다. 그녀는 오래 사귄 남자친구가 자신을 너무 편하게(?) 대하는 것 같다며 서운하다고 했다. 이야기를 듣고 나는 그녀에게 '왕경태 전략'을 추천했다.

어릴 적 TV에서 보던 〈영심이〉에 나오던 이야기다. 왕경태는 주인공인 영심이를 짝사랑하는데, 영심이는 자기를 따라다니는 왕경태에서 늘 "야 넌 4m 이상 가까이 오지 마"라고 말한다. 그런데 어느 날 "오늘은 50cm까지는 가까이와도 돼"라고 한다. 무엇이 영심이의 마음을 변하게 했을까? 바로 왕경태를 좋아하는 다른 여자가 생겼다. 평소 어떤 여자가 널 좋아하겠느냐며 거들떠보지도 않던 영심이였지만, 다른 여자가 그에게 관심을 표시하자 그를 바라보는 영심이의 시선에 변화가 생긴 것이다.

그녀는 대학 홍보 모델을 할 정도로 예쁜 후배였지만, 남자친구는 익숙해진 그녀를 쉽게 생각하게 됐다. 그런 그에게 내가 그녀를 따라다니는 역할을 해줌으로써, 자신의 여자친구가 다른 남자에게 '워너비'일 수 있다는 것을 알려주고 싶었다. 그녀와 나는 같은 홍보 모델 일을 하며 잘 아는 사이였기에 그녀가 데이트를 한다고 할 때마다 전화를 했고, 하루는 남친과 함께 있다고 하여 헬스장에서 운동을 끝내고 찍은 세미 누드 사진을 전송했다. 그녀의 남친은 폭발했고, 여자친구가 다른 남자에게 여전히 인기 있음을 확인한 그의 행동에 변화가 생겼음은 당연하다. 참고로 연애 전략은 노출되는 순간 끝이기에, 남자친구에게는 끝까지 비밀로 하라고 했다.

전문가 의견 **2번**

여자는 바람둥이를
싫어한다.

해설 ────────●

여자는 착한 남자를 좋아하고 바람둥이를 싫어한다고 하지만 역설적이게
도 나쁜 남자에게 끌리는 경향이 있다. 독일의 잉그리트 엔켈과 안겔라 보
스는 자신들의 저서를 통해 이렇게 말한다. 바람둥이들은 불안정하고 이
기적이지만, 여성들이 평소 경험하지 못하는 특별한 느낌을 갖게 한다. 주
변의 반대에도 불구하고 바람둥이들과 로맨스를 고집하는 여성들은 그가
변할 가능성이 있다고 믿고, 사랑을 통해 그가 변할 것이라 믿기 때문이다.
그런 여성들에게 미안하지만, 바람둥이가 착한 남자로 변할 가능성은 로
또복권 3등 당첨 정도의 확률이다.
여자에게 나쁜 남자는 담배와 같다. 몸에 나쁜 줄 알면서도 끊을 수 없는
담배 말이다.

정답
X

물에 빠져 허우적거리는 것은 수영이 아니다.
물속에서 내가 원하는 방향으로
움직일 수 있어야 수영이다.

당신은 연애 속에 빠져
허우적거리고 있는가?
아니면 원하는 방향으로
제대로 움직이고 있는가?

- 진짜 연애에 대해서 -

데이트

연애능력평가 문제지

- 제한시간 5분 -

데이트 영역

1. 마음에 드는 여성이 생긴 명길 씨. 그런데 상대가 시큰둥하다. 어떻게 하는 것이 좋을까?

- ☐ 공개적으로 프러포즈한다
- ☐ 술 한잔하자고 한 뒤 정우성처럼 '이거 한잔 마시면 우리 사귀는 거다.' 라고 한다
- ☐ 명품 가방을 선물한다
- ☐ 그녀의 주변 사람들에게 좋은 이미지를 심어준다
- ☐ 365일 따라다닌다

2. 수업 시간에 관심 있는 사람이 생긴 당신. 어떻게 하는 것이 좋을까?

- ☐ 바로 뒷자리에 앉아 쳐다본다
- ☐ 근처 뒷자리에 앉아본다
- ☐ 당당하게 고백한다
- ☐ 몰래카메라로 촬영하여 두고두고 간직한다
- ☐ 교수님을 찾아간다

3. 썸타는 남자와 길을 걷고 있다. 날씨가 더워 남자가 음료수를 사 왔다. 어떻게 할까?

- ☐ 고맙다고 하고 마신다
- ☐ 난 음료수 안 마신다고 커피로 바꿔오라고 한다
- ☐ 손이 미끄럽다고 대신 열어 달라고 한다
- ☐ 네가 무슨 돈이 있냐고 돈을 준다
- ☐ 대신 밥을 산다

4. 관심 있는 누군가에게 다가가고 싶을 때 '이것' 을 활용하면 효과가 있다. '이것' 은 무엇일까?

- ☐ 음악
- ☐ 향수
- ☐ 어둠
- ☐ 현찰
- ☐ 라면

5. 소개팅 중인 오징어 씨. 모처럼 마음에 드는 상대를 만났다. 이제 커피를 마시고 밥 먹으러 이동하려는데 갑자기 비가 온다. 둘 다 우산이 없다면 어떻게 하는 것이 좋을까?

- ☐ "뛰어" 라고 소리진다
- ☐ 편의점에서 저렴한 거로 두 개 산다
- ☐ 명품 우산으로 산다
- ☐ 저렴한 우산을 하나 산다
- ☐ 영화 클래식의 한 장면처럼 '옷 우산' 을 만든다

6. 썸타는 사람이 생긴 오징어 씨. 오늘도 그녀와 데이트가 있다. 영화를 보고 나오는데 다른 커플들이 모두 팔짱을 끼고 나온다. 이에 오징어 씨가 "우리도 팔짱 낄까?" 했더니 그녀는 사람이 많아 창피하다며 끼고 싶으면 오빠가 끼라고 한다. 어떻게 하면 좋을까?

☐ 당당하게 그녀의 팔짱을 낀다
☐ 여자에게 매미처럼 매달리기 싫다. 거부 한다

☐ 팔짱을 끼지 않는 이유에 대해 끝장토론을 한다
☐ 팔짱 거부하는 것은 이별을 뜻한다
☐ 그녀가 자연스럽게 팔짱을 끼게 한다

7. 다음 중 말이 잘 통하는 사람이 되는 방법은 무엇일까?

☐ 유머를 배워 상대를 웃게 한다
☐ 자신의 단점을 솔직하게 고백한다
☐ 얼마 전 승진한 것을 언급하며 능력을 어필한다

☐ 상대를 떠들게 한다
☐ 함께 승마를 배운다

8. 썸을 타거나 연애 초반에 사용 가능한 유치한 전략이 아닌 것은?

☐ 문자 잘못 보내기 전략
☐ 알람 전략
☐ 잠수타기 전략

☐ 몸 아프기 전략
☐ 다른 이성과 소개팅하기 전략

9. 소개팅을 나간 오징어 씨. 상대에게 "나이가 어떻게 되세요?"라고 묻자 "몇 살로 보이는 데요?"라고 반문한다. 이럴 때 뭐라고 하는 것이 좋을까?

☐ 도전 골든벨 퀴즈 푸는 마음으로 맞춘다
☐ 정직하게 보이는 대로 말한다
☐ 귀찮게 하지 말고 그냥 말하라고 한다

☐ 보이는 것보다 5살 어리게 답한다
☐ 상대가 스스로 말하게끔 유도한다

10. 드디어 연애를 시작한 오징어 씨. 그러나 오랜 솔로생활로 인해 스킨십 세포가 파괴당해 스킨십이 어색하다. 아니 잘 모르겠다. 다음 중 스킨십 비법이 아닌 것은 무엇일까?

☐ 상대를 만질 때의 속도는 초당 4~5cm 정 도가 적당하다
☐ 손바닥이나 발바닥은 효과가 떨어진다
☐ 엄마가 아이를 쓰다듬듯 하는 것이 좋다

☐ 특히 여성의 경우 '심리적 안정'이 중요하다
☐ 처음에는 다 거절한다. 그래도 빠르게 치고 들어가야 한다

- 고생하셨습니다. -

Love skill
assessment

1

마음은 딸,
선물은 엄마

♥ ♥ ♥ ♥ ♥ ♥ ♥ ♥

마음에 드는 여성이 생긴 명길 씨. 그런데 상대가 시큰둥하
다. 어떻게 하는 것이 좋을까?

1 공개적으로 프러포즈한다
2 술 한잔하자고 한 뒤 정우성처럼 '이거 한잔 마시면 우리
　　사귀는 거다.'라고 한다
3 명품 가방을 선물한다
4 그녀의 주변 사람들에게 좋은 이미지를 심어준다
5 365일 따라다닌다

신발 매장에 갔는데 점원이 마음에 안 드는 신발을 권한다. 싫다고 하는데 자꾸 한 번만 신어보라고 한다. 기분이 어떨까? 기분이 나쁜 건 둘째 치고 그럴수록 점점 더 싫어질 것이다. 이처럼 싫다는데 매일 따라다니는 것은 효과도 없고, 잘못하면 범죄가 될 수 있다.

"마음은 딸에게 선물은 어머니에게" 괴테의 말이다. 물론 그 당시에는 딸의 혼사를 결정하는 데 있어 '캐스팅 보트'가 어머니였기에 이런 말을 했을 것으로 짐작된다. 반면 요즘은 주변 친구들의 입김이 크게 작용한다. 따라서 괴테의 명언을 현실적으로 응용하면 이렇게 된다. "마음은 그녀에게 맛있는 저녁은 그녀의 친구들에게" 누군가를 좋아한다면 그녀와 친한 사람들까지 신경을 써야 한다. 자기도 자신의 마음을 모를 때 주변에서 하는 한 마디가 그녀의 마음을 움직이게 될 것이다.

반대로 남자는 다른 사람 말을 잘 듣지 않기 때문에, 좋아하는 남자가 있다면 우선은 그 사람 위주의 전략이 더 효과적이다.

전문가의견 **4번**

위치선점의
중요성

♥ ♥ ♥ ♥ ♥ ♥ ♥ ♥

수업 시간에 관심 있는 사람이 생긴 당신. 어떻게 하는 것이
좋을까?

1 바로 뒷자리에 앉아 쳐다본다

2 근처 뒷자리에 앉아본다

3 당당하게 고백한다

4 몰래카메라로 촬영하여 두고두고 간직한다

5 교수님을 찾아간다

3번, 당당하게 고백했을 사람이면 이 책을 보고 있을 리 없다. 1번과 2번, 보통 마음에 드는 사람이 생기면 상대가 잘 보이는 곳에 자리를 잡고 쳐다본다. "와 진짜 괜찮다"라고 생각하며 쳐다보지만, 정작 상대는 당신의 존재를 모른다. 짝사랑할 때 중요한 것은 '쳐다보는 것'이 아니라 '보이는 것'이다. 그래서 자리를 잡는다면 뒤나 옆자리보다는 상대가 교수님을 쳐다보는 시야에 딱 걸리는 앞쪽 자리가 좋다.

몰래카메라로 촬영하는 건 자유지만 걸리면 망신을 당하거나, 부위에 따라 범죄자가 될 수도 있으니 아예 하지 않기를 바란다.

후배 녀석이 수업 시간에 마음에 드는 사람이 발견했다. 조 모임이 많은 수업이었기에 첫 수업이 끝난 후 교수님을 찾아가 그녀와 같은 조별 활동을 하게 해달라고 요청했다. 결국 두 사람은 같은 조가 됐고, 복학생이었던 녀석은 나이가 많아 조장까지 맡게 됐다. 총 6명이 한 조인 상황에서 그 녀석은 2명에게 자료조사를 시키고, 다른 2명에게는 PPT 자료를 만들게 했다. 그리고 그녀와 단둘이 프로젝트를 진행했다. 한 학기 동안 매주 2번씩 말이다.

강동원처럼 생겼으면 이런 짓을 할 필요가 없다. 그러나 평범한 '생명체'에게는 단기적인 전략보다 중장기적인 전략이 더 효과적이다. 그 전략의 기본이 바로 상대에게 나를 자주 노출시키는 것이다. 물론 함께하는 자리를 만들면 더 효과적이다.

전문가 의견 5번

Love skill
assessment

3

재수 없는
여자

♥ ♥ ♥ ♥ ♥ ♥ ♥ ♥

썸타는 남자와 길을 걷고 있다. 날씨가 더워 남자가 음료수
를 사 왔다. 어떻게 할까?

1 고맙다고 하고 마신다

2 난 음료수 안 마신다고 커피로 바꿔오라고 한다

3 손이 미끄럽다고 대신 열어 달라고 한다

4 네가 무슨 돈이 있냐고 돈을 준다

5 대신 밥을 산다

여기 두 명의 여자가 있다. '자신에게 도움을 주는 여자'와 '자신이 도움을 줄 수 있는 여자' 누구를 사랑하게 될까? 남자는 자신에게 도움을 주는 여자를 좋아하지만, 자신이 도움을 줄 수 있는 여자를 사랑하게 된다.

요즘 남자들이 변했다고 한다. 예전에는 외모만 보던 남자들이 이제는 여자의 능력이나 직업까지 본다는 말이다. 그러나 연애가 시작될 때 남자는 자신이 뭔가 도움을 줄 수 있는, 자신을 필요로 하는 여자에게 끌림을 느낀다. 4천만 원을 빌려주거나, 950리터 냉장고를 번쩍번쩍 옮겨주는 그런 도움이 아닌 사소한 도움이면 충분하다. 본인이 잘하는 컴퓨터 관련 일이나, 평소 좋아하는 분야에 관한 조언 등이다. 더 사소

하게는 음료수병을 대신 따주는 것도 좋다.

 남자는 자신이 도움이 되는 것을 좋아하는 만큼, 무시당하는 것을 싫어한다. 2번도 싫지만, 4번처럼 지나친 배려도 싫다. 참고로 남자가 자신에게 돈을 주는 여자를 좋아한다면 일반적인 연애는 아니라고 보면된다. 센스를 보이고 싶다면 밥 한 끼 정도는 괜찮지만 여기서 답은 3번이다. 학창시절 보면 여자들끼리 "어우 저X 재수 없어"라며 욕하는 애들이 있다. 그런데 남자들은 그런 애를 좋아한다.

전문가의견 **3번**

어둠의
힘

♥ ♥ ♥ ♥ ♥ ♥ ♥ ♥

관심 있는 누군가에게 다가가고 싶을 때 '이것'을 활용하면
효과가 있다. '이것'은 무엇일까?

1 음악
2 향수
3 어둠
4 현찰
5 라면

아내와 연애하던 시절, 아이팟을 사용하던 그때 가방 속에 작은 스피커가 들어 있었다. 그것만 있으면 공원에서 자판기 커피를 마셔도 분위기가 더 좋아졌다. 관심 있는 사람이 생겼다면 좋아하는 음악 취향은 꼭 알아두길 바란다. 좋아하는 음악을 함께 듣는 것만큼 기분 좋고 유혹적인 일도 없다.

남자 중에서도 향수를 뿌리는 사람들이 많다. 그러나 향수는 옵션이다. 본래 향수는 씻기 어려웠던 그 시절 나쁜 냄새를 감추기 위해 만든 것이다. 따라서 향수만 뿌리기보다 담배와 땀 냄새 등 안 좋은 냄새가 안 나게 하는 것이 더 중요하다. 향수는 그다음이다.

답은 3번 어둠이다. 사회심리학자 거겐(K. Gergen)은 '어둠'이 남녀의 만남에 긍정적인 영향을 미친다는 사실을 실험으로 입증했다. 거겐은 모르는 남녀 3~4쌍을 각각 어두운 곳과 밝은 곳에 들어가게 한 다음 그들의 행동을 비교했다. 그 결과, 밝은 곳에서 함께 한 커플은 일상적인 대화를 했지만, 어두운 방에서 함께 있던 커플들은 개인적인 대화를 했고 신체적인 접촉도 일어났다.

대체 왜 어두운 곳에 있는 것만으로도 서로가 가까워지는 것일까? 인간은 어둠을 두려워하는 경향이 있다. 그래서 어두운 곳에 있으면 자연스럽게 옆에 있는 사람에게 의지하게 된다. 이때 어둠 속에 함께 있다는 공통점이 둘 사이의 유대감을 강화해주는 역할을 한다. 어둠은 인간의 방어기제를 약화해주는 효과도 있다. 어둠이 있으면 주변 사람들의 접근을 좀 더 허용하는 것이다. 마지막으로 어둠은 모든 것을 가려준다. 타인에서 벗어났다는 느낌을 받게 되고, 이는 스킨십에 더 우호적인 환경을 조성한다. 생각해보면 공포영화를 보거나 귀신의 집 등에 들어가면 자연스럽게 서로의 팔을 잡거나 신체접촉이 일어나는 걸 알 수 있다. 어둠의 효과다.

데이트를 으슥한 곳에서 하라는 말이 아니니 오해가 없길 바라며, 행복하게 오래 연애하고 싶다면 햇빛을 맞으며 연애를 해야 한다.

전문가 의견 3번
(1번도 답으로 인정)

124

남자의
여유

♥ ♥ ♥ ♥ ♥ ♥ ♥ ♥

소개팅 중인 오징어 씨. 모처럼 마음에 드는 상대를 만났다.
이제 커피를 마시고 밥 먹으러 이동하려는데 갑자기 비가
온다. 둘 다 우산이 없다면 어떻게 하는 것이 좋을까?

1 "뛰어"라고 소리친다
2 편의점에서 저렴한 거로 두 개 산다
3 명품 우산으로 산다
4 저렴한 우산을 하나 산다
5 영화 클래식의 한 장면처럼 '옷 우산'을 만든다

여자 후배가 소개팅을 하는데 갑자기 비가 내렸다. 그럼에도 상대는 당황하지 않고 가까운 편의점으로 뛰어가서 우산을 하나 사 왔단다. 사실 살면서 제일 돈 아까운 것 중 하나가 바로 '우산 사는 것'이다. 집에 쌓여있는 우산을 또 사려면 사실 돈이 좀 아깝다. 그러나 그는 고민하지 않고 우산을 사 왔다. 그녀는 그 모습에서 어떤 여유를 느꼈다고 했다.

송중기 정도 된다면 '뛰자'고 하거나 '옷 우산'을 만들어도 효과적이다. 참고로 생명체(?)에 따라 비를 맞으면 냄새가 많이 나기도 하니 주의가 필요하다. 잘 보이겠다고 2개를 살 필요도 없고, 명품도 필요 없다. 그저 저렴한 우산 하나면 충분하다.

이 문제에서의 포인트는 우산을 사는 것이 아니라 '우산을 쓰는 방법'이다. 일반적으로 남녀가 하나의 우산을 함께 쓰면 이런 자세가 된다.

일반적인 남녀의 우산 쓴 모습

보통은 남자가 우산을 드는데, 여자가 있는 방향의 손으로 우산을 들면 상대의 어깨와 내 어깨가 닿아서 좁고 불편하게 된다. 비도 많이 맞게 된다. 따라서 우산을 함께 쓸 때는 상대가 있는 반대쪽 손으로 우산을 드는 것이 좋다.

조금 아는 남자는 여자의 반대쪽 손을 이용해 우산을 든다.

위 그림처럼 반대쪽 손으로 우산을 들기만 해도 자연스럽게 상대와의 '개인 공간'을 줄이고, 덕분에 비도 덜 맞을 수 있다. 보너스로 남는 손을 이용하여, 방향 지시나 매너손으로 사용할 수도 있다.

전문가 의견 4번

팔짱 끼는 법

♥ ♥ ♥ ♥ ♥ ♥ ♥ ♥

썸타는 사람이 생긴 오징어 씨. 오늘도 그녀와 데이트가 있다. 영화를 보고 나오는데 다른 커플들이 모두 팔짱을 끼고 나온다. 이에 오징어 씨가 "우리도 팔짱 낄까?" 했더니 그녀는 사람이 많아 창피하다며 끼고 싶으면 오빠가 끼라고 한다. 어떻게 하면 좋을까?

1 당당하게 그녀의 팔짱을 낀다
2 여자에게 매미처럼 매달리기 싫다. 거부한다
3 팔짱 끼지 않는 이유에 대해 끝장토론을 한다

4 팔짱 거부하는 것은 이별을 뜻한다

5 그녀가 자연스럽게 팔짱을 끼게 한다

♥ ♥ ♥ ♥ ♥ ♥ ♥

설레는 만남을 시작한 남녀 사이에 생기는 일이다. 강의 때문에 캠퍼스에 가면 가끔 여자친구의 팔을 1등 당첨된 로또복권처럼 꼭 잡고 걸어가는 남자들이 보인다. 그런 남자에게 전수하는 기술이다.

일반적으로 남자가 여자친구에게 팔짱을 끼고 있는 모습은 이렇다.

그림 1 : 여자에게 팔짱을 낀 남자의 모습

여자가 팔짱을 끼라고   보통 이렇게 남자가   여자에게 팔짱을 낀다
요구하면   안쪽에서 팔을 넣어

아무래도 남자가 여자에게 팔짱을 끼면서도 매달려 있는듯한 느낌
이 들기 마련인데, 이럴 때는 이런 방법을 사용하면 좋다.

그림 2 : 센스있는 남자의 팔짱

센스있는 남자는
여자의 팔짱 요구시

바깥쪽에서 안쪽으로
팔을 넣어

자신의 주머니에
손을 넣는다

여자가 팔짱을 요구했지만
매달린 것 같은 모습이 연출된다

그냥 내 팔을 상대의 앞쪽으로 넣어서 주머니 속에 자연스럽게 넣으
면 된다. 한 번만 연습해보면 쉽게 될 것이다. 이 방법은 남자가 여자에
게 해도 좋고, 여자가 남자에게 해도 재미있는 방법이다.

전문가 의견 5번

말이 잘 통하는
사람

♥ ♥ ♥ ♥ ♥ ♥ ♥ ♥

다음 중 말이 잘 통하는 사람이 되는 방법은 무엇일까?

1 유머를 배워 상대를 웃게 한다

2 자신의 단점을 솔직하게 고백한다

3 얼마 전 승진한 것을 언급하며 능력을 어필한다

4 상대를 떠들게 한다

5 함께 승마를 배운다

쉽지만 실천하기 어려운 문제다. 사람은 자신의 이야기를 잘 들어주는 사람을 만나면 상대와 친해졌다는 착각에 빠지게 된다. 말을 자르기 뭐해서 그냥 들어준 것뿐인데, 상대는 내가 자신을 이해하며 우리가 인간적으로 가까워졌다고 믿게 되는 것이다. 세일즈의 고수들은 고객에게 판매할 물건의 장점을 하나하나 설명하지 않는다. 고객이 자신에 대해 떠들게 하면 할수록 내 물건을 구매할 확률이 높아지기 때문이다. 이를 연애에 접목하면 누군가와 대화할 때 가장 좋은 대화 비율은 7:3이다. 상대가 '7할', 내가 '3할' 이야기하면 누구나 말이 잘 통하는 사람이 될 수 있다.

보기 1번 유머 감각은 여자에게는 효과가 있지만, 남자에게는 별 효과가 없다. 단점을 고백하는 것은 고백 내용과 상황에 따라 다르며, 지나친 자랑은 언제나 재수가 없다. 답은 '상대를 떠들게 하는 것'이다.

전문가의견 4번

유치한
연애전략

♥ ♥ ♥ ♥ ♥ ♥ ♥ ♥

썸을 타거나 연애 초반에 사용 가능한 유치한 전략이 아닌
것은?

1 문자 잘못 보내기 전략

2 알람 전략

3 잠수타기 전략

4 몸 아프기 전략

5 다른 이성과 소개팅하기 전략

문자메시지 잘못 보내기 전략

이제 막 연애를 시작한 수진 씨는 남자친구에게 이런 문자메시지를 받았다. "민정아, 오랜만이다. 너도 잘 지내지? 오빠가 요즘 바쁜 일이 있어서 이번 달은 좀 그렇고, 다음 달에 한번 보자. 내가 밥 살게" 남자친구가 다른 여자에게 보낼 메시지를 자신에게 잘못 보낸 것으로 생각한 수진 씨는 남자친구에게 이 사실을 알리면서 민정이가 누군지 따졌다. 명길 씨는 당황한 듯 미안하다고 하며, 친했던 학교 후배라고 말했다.

사실 이 문제의 메시지는 명길 씨가 여자친구 수진 씨에게 일부러 보낸 메시지다. 마치 평소 알고 지낸 후배가 만나자고 한 제안을 거절하는 것처럼 보이기 위해 보낸 것이다. 연애 초반, 질투심을 유발하는 '유치한'(?) 기술이니 그냥 참고만 하길 바란다.

알람 전략

남자는 찾는 사람도 많고 바빠야 능력 있어 보인다고 생각하지만 정작 엄마 말고는 전화해주는 사람이 없는 오징어들을 위한 전략이다. 이른바 '바쁜 척하기' 전략이다. 소개팅을 나갔는데, 몇 시간째 전화기가 한 번도 안 울리면 한가해 보일 수 있다. 그래서 틈틈이 알람을 세팅하여 마치 전화가 온 듯한 느낌을 주는 방법이다. 그렇게까지 해서 연애를 해야 하는지 생각이 드는 유치한 전략

잠수타기 전략

이건 상대가 자신에게 관심이 있다는 것이 확실할 때만 효과가 있는 전략이다. 상대가 관심이 없을 때는 잠수타기 전략이 아니라 정말 잠수를 해도 전혀 효과가 없다.

몸아프기 전략

아프면 잘해주고 싶은 사람의 심리를 파고드는 전략. 당연히 내가 아플 때 상대가 애처롭게 생각할 정도의 관계 형성이 우선이다. 내가 아파도 신경 안 쓰는 상대라면 더 서러워질 수 있다.

다른 이성과 소개팅하기 전략

"내가 너랑 사귀는 줄 몰랐는지 병철이가 나한테 소개팅하라고 하더라?" 이 정도면 괜찮지만, 진짜 소개팅을 한다면 바람으로 오해 받아도 할 말이 없다.

몇 살로
보이는데요?

♥ ♥ ♥ ♥ ♥ ♥ ♥ ♥

소개팅을 나간 오징어 씨. 상대에게 "나이가 어떻게 되세
요?"라고 묻자 "몇 살로 보이는데요?"라고 반문한다. 이럴
때 뭐라고 하는 것이 좋을까?

1 도전 골든벨 퀴즈 푸는 마음으로 맞힌다

2 정직하게 보이는 대로 말한다

3 귀찮게 하지 말고 그냥 말하라고 한다

4 보이는 것보다 5살 어리게 답한다

5 상대가 스스로 말하게끔 유도한다

물어보면 그냥 말해주면 될 것을 꼭 반문하는 사람들이 있다. "몇 살처럼 보이는데요?"라고 하고는 마치 기말고사 성적표 기다리는 학생처럼 긍정의 대답을 기다린다. 어떻게 하는 것이 좋을까?

도전 골든벨 퀴즈 푸는 마음으로 맞힐까? 답을 맞히고 싶은 승부욕이 생길 수 있지만 이건 알아도 맞히면 안 되는 문제다. 특히 여자의 나이는 볼드모트다. 해리포터에 나오는 이름을 불러선 안 되는 자다. 그녀들이 바르는 집게손가락만 한 링클케어 제품 하나의 가격을 알고 나면 왜 그녀들이 자신을 '동안'이라고 믿는지 이해가 된다.

2번 정직한 것은 좋지만 뭔가 많이 아쉽다. 3번처럼 하면 분노조절장애로 의심받을 수 있고, 묻는 말에 순순히 대답할 사람이면 반문하지도 않았다. 답은 4번 눈에 보이는 것보다 최소 5살은 어리게 말하는 것이다. 언젠가 자기 나이를 맞혀보라는 여자를 만났는데 딱 보니 32살 정도 돼 보였다. 너무 어리게 말하면 거짓말처럼 보일까 한 3살 정도 낮춰 29살이라고 말했는데, 실제 나이가 27살이라 당황했던 적이 있다. 그냥 마음 편하게 5살 정도 어리게 말하면 상대도 좋고 내 이미지도 좋아진다.

재미있게도 많은 사람이 진짜 자신을 그 정도의 '동안'이라고 믿는다. 그래서 5살 정도 어리게 말해도 전혀 놀라지 않는다는 사실에 더 놀라게 된다.

전문가 의견 **4번**

Love skill
assessment
10

과학적인
스킨십 비법

♥ ♥ ♥ ♥ ♥ ♥ ♥ ♥

드디어 연애를 시작한 오징어 씨. 그러나 오랜 솔로생활로
인해 스킨십 세포가 파괴당해 스킨십이 어색하다. 아니 잘
모르겠다. 다음 중 스킨십 비법이 아닌 것은 무엇일까?

1 상대를 만질 때의 속도는 초당 4~5cm 정도가 적당하다
2 손바닥이나 발바닥은 효과가 떨어진다
3 엄마가 아이를 쓰다듬듯 하는 것이 좋다
4 특히 여성의 경우 '심리적 안정'이 중요하다
5 처음에는 다 거절한다. 그래도 빠르게 치고 들어가야 한다

스킨십에도 과학이 있다. 미국 노스캐롤라이나대학과 스웨덴 예테보리대학이 유니레버 연구진과 함께 피부의 촉감과 쾌락에 관한 연구를 시행했다. 연구 결과는 '네이처 뉴로사이언스'에도 실렸는데 연구진이 밝힌 기분 좋은 스킨십의 기준은 다음과 같다.

상대방을 기분 좋게 만드는 스킨십의 포인트는 마치 '엄마가 아이를 쓰다듬듯 하는 것'이다. 이때 쓰다듬는 속도는 초당 4~5cm가 적당한데, 이보다 빠르거나 느리면 쾌감을 느끼기 어렵다고 한다. 물론 어디를 만지는지도 중요하다. 인간의 털이 있는 부위에는 접촉에 쾌감을 느끼는 신경섬유인 'C-촉각'이 존재하기 때문에 털이 있는 부위를 부드럽게 쓰다듬는 것이 효과적이다. C-촉각 신경은 일정한 압력과 속도가 작용할 때 효과가 나타나기 때문에 엄마가 아이를 쓰다듬을 때처럼 스킨십을 할 때 가장 활성화되는 것으로 나타났다.

재미있게도 털이 없는 부위는 스킨십을 해도 쾌감을 느끼지는 못한다고 한다. 우리 몸은 쾌감을 느끼는 부위와 일을 하는 부위로 역할이 구분돼 있다. 손이나 발바닥에 C-촉각이 존재한다면 망치질을 하거나 걸어 다닐 때도 혼자 흥분할 수 있기 때문이다. 손이나 발에 쾌감을 느끼거나 흥분하는 건 신체적인 반응이라기보다 심리적인 영향이 더 크다.

답은 5번이다. 동네 형이나 친구들의 무용담을 통해 잘못된 상식을 배우거나, 남자들만 좋아하는 자극적인 '야구동영상' 등을 통해 배운 것을 현실이라고 착각했다가는 멋진 전자발찌를 선물 받을 수 있다.

사랑 고백은 왼쪽에서 하는 것이 더 효과적이다.

해설 ————•

사랑 고백을 할 때는 왼쪽에서 하는 것이 더 효과적이라는 연구 결과가 있다. 미국 샘 휴스턴 대학이 1,120명을 대상으로 실험을 했다. 결과를 보면 왼쪽 귀를 통해 사랑, 증오 같은 감성적 단어들을 이야기했을 때의 기억도가 69%지만, 오른쪽 귀는 56% 정도의 정확도를 보였다. 만약 누군가에게 사랑을 고백하고 싶다면 오른쪽 보다는 왼쪽 귀에 대고 하는 것이 좀 더 효과적이라는 것이다.

정답
O

잘생긴 남자는 '꽃미남세'를 거두고,
못생긴 남자는 세금을 내려 부자로 만들어
꽃미남이 여자들을 독차지하는 것을 막아
결혼을 증가시켜야 한다.

남자를 4계급으로 나누고
꽃미남은 소득세 2배 인상
보통 남은 그대로
조금 못생긴 남은 10% 인하
많이 못생긴 남은 20% 인하해야 한다.

— 모리나가 다구로 〈일본 경제 평론가〉 —

남자인 내가 봐도
대부분 '소득공제'
대상인데, 왜 오징어들은
자기가 잘생겼다고
착각할까?

Love skill
assessment
Class 5
연애상식

연애능력평가 문제지
- 제한시간 5분 -

연애상식 영역

1. 남자들 중에는 자기가 잘생긴 줄 착각하는 사람이 많다. 왜 그럴까?
   - ☐ 정말 잘생겨서
   - ☐ 엄마가 잘생겼다고 하셔서
   - ☐ 공부를 잘해서
   - ☐ 연봉이 높아서
   - ☐ 번식 가능성을 높이려고

2. 남녀의 친구 사이는 가능할까?
   - ☐ 가능하다
   - ☐ 불가능하다
   - ☐ 불완전 관계다
   - ☐ 여자들만 가능하다고 한다
   - ☐ 오징어랑만 가능하다

3. 애인에게 자신이 '기혼자' 라는 말을 안 했다면 이는 거짓말일까? 아닐까?
   - ☐ 거짓말이다
   - ☐ 거짓말이 아니다
   - ☐ 아예 말을 안 했기에 애매하다
   - ☐ 한 여자에게만 했을 리가 없다
   - ☐ 쓰레기는 매장이 답이다

4. 여성들은 유머 감각 있는 남자를 선호한다. 과연 남자들도 그럴까?
   - ☐ 선호한다
   - ☐ 안 선호한다
   - ☐ 완전 선호한다
   - ☐ 별 반응 없다
   - ☐ 몸매에 따라 다르다

5. 다음 단어 중 남자들이 좋아하는 단어가 아닌 것을 고르시오.
   - ☐ 따뜻한
   - ☐ 합리적인
   - ☐ 과감한
   - ☐ 존경받는
   - ☐ 가성비

6. 여성은 낯선 곳에서 술을 마시면 더 취한다는 말이 사실일까?
- □ 사실이다
- □ 아니다
- □ 낯선 곳보다 높은 곳에서 마시면 더 취한다
- □ 잘생긴 사람과 마실 때 더 취한다
- □ 마른안주에 마실 때 더 취한다

7. 남자에게 사치스러운 여자의 기준은 어디까지일까?
- □ 200만 원짜리 가방
- □ 일 년에 한 번씩 가는 해외여행
- □ 버스 타는 걸 싫어하는 스타일
- □ 자기가 감당할 수 없는 여자
- □ 하루 7식 하는 여자

8. 연애계도 생태계처럼 먹이사슬이 있다. 최상위 포식자는 누구일까?
- □ 일반남
- □ 이반남
- □ 일반 여자
- □ 예쁜 사람
- □ 능력남

9. 남자와 좋은 관계를 계속 유지하고 싶을 때 사용하면 좋은 표현은?
- □ 널 믿어
- □ 널 사랑해
- □ 널 좋아해
- □ 라면 먹고 갈래?
- □ 400만 원만 빌려줄래?

10. 남자가 여자를 볼 때 가장 중요하게 보는 것은?
- □ 돈
- □ 가슴
- □ 얼굴
- □ 집안
- □ 학력

- 고생하셨습니다. -

Love skill
assessment
1

착각의
자신감

♥ ♥ ♥ ♥ ♥ ♥ ♥ ♥

남자들 중에는 자기가 잘생긴 줄 착각하는 사람이 많다. 왜
그럴까?

1 정말 잘생겨서

2 엄마가 잘생겼다고 하셔서

3 공부를 잘해서

4 연봉이 높아서

5 번식 가능성을 높이려고

"야 솔직히 나 정도면 괜찮지 않냐?" 친한 친구에게 이 말을 들었다. 내가 오징어라면 그 녀석은 쭈꾸미다. 그런데 감히 '솔직히'라는 부사까지 써가며 자신의 외모 평가를 부탁한 것이다. 여자들은 친구의 "나 좀 살찐 것 같지 않아?"라는 질문에 "아냐 네가 뭐가 뚱뚱해?" "아냐 언니 옷 색깔이 그래서 그래" "야 안 그래, 그리고 요즘 남자들은 너처럼 볼륨 있는 그런 스타일 더 좋아해. 마른 여자 싫어한다니까" 이런 소리들을 하지만 난 안 그런다. 아니 못 그런다. 자존심 숙여가면서 맞추기보다 차라리 혼자 있는 걸 선택하는 나다. 한 치의 머뭇거림 없이 생글거리며 말했다. "넌 우리 친구들끼리 못친소 페스티벌 하면 이봉주 급이야"

자기 정도면 꽤 괜찮은 줄 아는 남자가 많다. 왜 그럴까? 진화론의 관점에서 보면 이는 '착각의 자신감'이다. 진짜 못나서 연애 못하는 사람은 별로 없다. 그런데 못났다고 생각해서 연애를 못하는 사람은 많다. 실제로는 좀 별로여도 자신이 잘났다고 생각하는 것이 연애에 도움이 되는 것이다. 진화론은 설명한다. 남자들이 자신이 잘생겼다고 착각할수록 파트너를 만날 가능성이 높아지고, 그만큼 '번식'(?)의 가능성도 높아진다. 요약하면 "나 정도면 괜찮지 않냐?"라고 착각하는 건 번식 가능성을 높이기 위해서다.

재미있게도 남자들의 이런 밑도 끝도 없는 '얼존심'은 연봉에도 비례한다. 서울대학교 심리학과 최인철 교수와 결혼정보회사 듀오가 공동으로 운영하는 '듀오휴먼라이프 연구소'가 미혼남녀 1,000명을 대상으로 조사했다. 그 결과 연 소득 5천이 넘어가는 사람의 58.8%가 본인의 외모에 만족감을 표시했다. 연 소득 2천인 경우 외모만족도는 30.4%에 그쳤다.

전문가 의견 5번

Love skill
assessment

2

남녀의
친구 사이

♥ ♥ ♥ ♥ ♥ ♥ ♥ ♥

남녀의 친구 사이는 가능할까?

1 가능하다
2 불가능하다
3 불완전 관계다
4 여자들만 가능하다고 한다
5 오징어랑만 가능하다

　명길이와 선영이는 부모들도 아는 친한 친구 사이다. 그런
명길이가 제대를 하자 선영이가 축하주를 샀다. 오랜만에 기분 좋게 술
을 마신 두 사람은 술이 좀 과했고 결국 선영이가 정신을 잃었다. 그런
데 선영이 집이 너무 멀어 어쩔 수 없이 명길이가 자신의 방으로 데려
와 눕혔다. 따뜻한 방 안에 들어오자 갑자기 취기가 오른 명길이. 그냥

옆에서 잠을 자려고 누웠다. 이 둘 사이에 무슨 일이 일어날 가능성은? 만약 당신이 명길이라면 목에 칼이 들어와도 아무 일이 안 생긴다고 장담할 수 있을까?

상황을 바꿔 명길이와 병철이는 매우 친한 친구 사이다. 병철이 제대 기념으로 명길이가 술을 샀는데, 병철이가 골뱅이가 됐다. 어쩔 수 없이 자신의 자취방으로 병철이를 데려온 명길이. 피곤해서 그냥 옆에 누워 잠이 들었다. 둘 사이에 무슨 일이 일어날 가능성은?

"남녀의 친구 사이란 불을 붙이지 않은 폭죽과도 같다." 남녀의 친구 사이가 불완전한 관계라는 말이다. 낮에, 학교에서, 공적인 자리에서 만날 때는 얼마든지 가능하다. 그러나 단둘, 밀폐된 공간, 술, 어둠, 기타 심리적 외로움 등의 영향을 받으면 감정선이 흔들릴 가능성이 있다.

여자들은 자신이 감정과 상황을 컨트롤 할 수 있다고 믿기에 남녀의 친구 사이를 인정하는 편이지만, 남자들은 내 여자친구에게 잘 해주는 그 남자의 심리를 알기에 관계를 인정 못 하는 경우가 많다.

Love skill
assessment

3

오류와
누락

♥ ♥ ♥ ♥ ♥ ♥ ♥ ♥

애인에게 자신이 '기혼자'라는 말을 안 했다면 이는 거짓말

일까? 아닐까?

1 거짓말이다

2 거짓말이 아니다

3 아예 말을 안 했기에 애매하다

4 한 여자에게만 했을 리가 없다

5 쓰레기는 매장이 답이다

'터키 유생'이란 별명을 얻었을 정도로 인기가 있었던 에네스 카야. 그가 '유부남'인 사실을 숨기고 한국 여자들을 만나왔다는 사실이 드러나 논란이 됐던 적이 있다. 그때 그가 인터뷰에서 이런 말을 했다. "에네스 카야가 결혼을 했다, 아이가 있다 등을 초반부터 제가 말할 필요는 없다고 생각했어요." 그의 주장은 거짓말은 거짓을 말해야 성립되는 것인데, 자신은 아예 말조차 안 했으니 거짓말은 아니라는 논리다. 과연 그런 것일까?

전 CIA 거짓말 탐지 특별 수사관 '댄 크럼'은 그의 저서 『5초 안에 남자의 거짓말을 읽는 법』에서 이렇게 말한다. 보통 남자의 거짓말은 의도적으로 거짓을 말하는 '오류'와 자신에게 유리한 정보만 전달하고, 불리한 내용은 언급하지 않는 '누락'으로 나뉜다. 즉 중요한 정보를 말하지 않는 '누락'도 거짓말이다. 예를 들면 타워팰리스 근처 반지하에 살면서 마치 타워팰리스에 사는 것처럼 말하는 것도 거짓말(오류)이고, 유부남인 사실을 밝히지 않는 것도 거짓말(누락)이다. 특히 '결혼 여부'는 이성과의 교제 여부를 결정할 때 매우 중요한 정보이기에 이를 말하지 않은 것은 명백한 거짓말이다. 참고로 '에네스 카야'나 '유상무 사건'에서 보듯 그런 행동을 한 사람에게만 했을 것이라는 것은 순진한 생각이다.

속담을 좋아했던 그에게 한국 속담을 알려주고 싶다. 한국 속담에 "꼬리가 길면 밟힌다"는 말이 있다. 나쁜 짓을 하면 결국에는 걸린다는 말이다. 나쁜 짓을 걸리면 "뿌린대로 거둔다" 만약, 인터뷰에서 말한 것처럼 "방귀 뀐 놈이 성낸다"면, 사람들은 앞으로 "콩으로 메주를 쑨다 해도 안 믿는다" 평소 방송에서의 모습처럼 여자는 엄마 밖에 몰랐다는 그를 보면서 "열 길 물속은 알아도 한 길 사람 속은 모른다"는 속담이 떠올랐다.

유머 감각
있는 여자

♥ ♥ ♥ ♥ ♥ ♥ ♥ ♥

여성들은 유머 감각 있는 남자를 선호한다. 과연 남자들도
그럴까?

1 선호한다

2 안 선호한다

3 완전 선호한다

4 별 반응 없다

5 몸매에 따라 다르다

여성들은 남자가 말을 너무 잘하면 그에 대한 '신뢰도'가 떨어진다. 본능적으로 끼를 느끼고, 경계심을 품게 되는 것이다. 그러나 재미있고 편하다 보니 함께 있는 시간이 자연스럽게 늘어나고, 이는 호감으로 이어질 가능성이 높다. 즉 남자의 유머 감각은 여성들에게 어필을 한다.

그렇다면 남자는 어떨까? 캐나다 맥매스터 대학에서 했던 실험에 따르면 남성이 파트너를 선택할 때 여성의 유머 감각은 별 영향을 미치지 않는 것으로 드러났다. 여자 입장에서는 남자를 편하게 해주겠다고 너무 웃기려는 시도는 하지 않아도 된다는 뜻이다.

전문가의견 **4번**

Love skill
assessment

5

남자가 좋아하는
단어

♥ ♥ ♥ ♥ ♥ ♥ ♥ ♥

다음 단어 중 남자들이 좋아하는 단어가 아닌 것을 고르시오.

1 따뜻한

2 합리적인

3 과감한

4 존경받는

5 가성비

세계적 몸짓 언어 권위자인 앨런 피즈에 따르면 여자들은 '따뜻한, 사랑하는, 매력적인, 베푸는, 동정적인, 관대한' 등의 형용사를 이상적으로 생각하며, 남성들은 '과감한, 유능한, 지배적인, 공격적인, 존경받는, 실용적인' 등의 표현을 듣는 것을 좋아한다. 합리적인, 가성비 등 역시 남성들이 많이 사용하는 언어 중 하나다. '따뜻한'은 여성들이 좋아하는 표현이다.

비즈니스에서는 합리적이고 이성적인 것이 효과적이지만 연애와 같은 인간관계에서는 냉정한 '검사'보다 내 편이 되어주는 '변호사'가 승리하는 법이다.

전문가의견 1번

Love skill
assessment

6

술 취하는 장소

♥ ♥ ♥ ♥ ♥ ♥ ♥

여성은 낯선 곳에서 술을 마시면 더 취한다는 말이 사실일까?

1 사실이다

2 아니다

3 낯선 곳보다 높은 곳에서 마시면 더 취한다

4 잘생긴 사람과 마실 때 더 취한다

5 마른안주에 마실 때 더 취한다

여성을 취하게 하고 싶다면 낯선 곳에서 술을 마시는 것이 효과적(?)이다. 영국 버밍엄대학 연구진은 장소를 포함한 주변 환경이 알코올 분해 능력에 미치는 영향을 조사한 결과, "익숙한 장소보다 낯선 곳에서 음주를 하면 자제력을 잃을 경우가 2배 더 높게 나타났다."고 했다.

연구진은 대학생 24명에게 각각 2곳의 장소에서 3번의 술을 마시게 했는데, 한번은 익숙한 장소였고, 다른 장소는 낯선 술집이었다. 이후 각 장소에서 음주 후 문제를 풀게 하여 음주 정도를 측정했는데, 익숙한 장소에서 술을 마신 경우에는 평균 오답 수가 6개였지만, 낯선 장소에서 술을 마신 학생들은 평균 오답 수가 12개에 이르렀다. 재미있는 사실은 익숙한 장소에서는 진짜 술을 마신 반면, 두 번째 장소에서는 알코올 냄새만 풍기는 무알코올 음료수였다는 사실.

사람은 낯선 곳에서 술을 마실 경우, 분위기나 환경의 영향으로 인해 음주 정도에 더 큰 영향을 미치는 것으로 나타났다. 실험은 남녀 모두를 대상으로 했으나, 여성이 남성보다 분위기에 더 민감하고, 술에도 더 약하다는 것을 고려해보면 '낯선 곳에서의 음주'에 여성이 좀 더 취약하다. 남자들이 '여행지' '로맨스' '성공적'을 꿈꾸는 이유가 있다.

전문가의견 **1번**

사치의
기준

♥ ♥ ♥ ♥ ♥ ♥ ♥ ♥

남자에게 사치스러운 여자의 기준은 어디까지일까?

1 200만 원짜리 가방

2 일 년에 한 번씩 가는 해외여행

3 버스 타는 걸 싫어하는 스타일

4 자기가 감당할 수 없는 여자

5 하루 7식 하는 여자

루이뷔통 백이 3개 있으면 사치일까? 점심 대충 먹고 스벅에서 아메리카노 마시면 사치일까? 자기가 벌어서 쓰면 괜찮고 부모 돈으로 사면 사치일까? 일 년에 한 번 해외여행을 다니면 사치일까? 모두 아니다. 남자에게 사치스러운 여자의 기준은 현재 자신의 수준으로 감당할 수 있느냐, 없느냐?에 따라 나뉜다. 명길이게는 꽃등심이 사치지만, 잘나가는 정인이에게는 꽃등심은 사치가 아니다. 마찬가지로 명길이에게는 200만 원짜리 가방 사는 여자가 사치스럽게 느껴질 수 있지만, 정인이에게 그런 가방은 본인의 취향일 수 있다.

남자는 자신의 능력으로 감당할 수 없는 상대를 '사치스럽다'고 생각한다. 그러나 내가 감당을 못한다기보다는 저런 여자를 만나면 인생이 힘들어진다고 생각을 해 버린다. 재미있게도 남성은 여성의 허세를 부담스러워 하지만, 여성은 적당한 남성의 허세를 매력으로 받아들인다는 사실이다. 장기 할부로 산 차를 타고 다니며 월급을 탈탈 털어 분위기를 잡는 것인데 그게 꼭 나쁘게 보이지만은 않은 모양이다. 여성들에게 충고하자면, 연애만 할 거라면 상관없다. 그러나 멀리까지 본다면 지금 부리는 남자의 허세가 사실은 결혼자금이란 것도 알길 바란다.

전문가 의견 4번

Love skill
assessment

8

먹이사슬

♥ ♥ ♥ ♥ ♥ ♥ ♥ ♥

연애계도 생태계처럼 먹이사슬이 있다. 최상위 포식자는
누구일까?

1 일반남

2 이반남

3 일반 여자

4 예쁜 사람

5 능력남

생태계처럼 연애계에도 먹이사슬이 존재한다. 일반 남자와 일반 여자가 만나면 누가 더 강자일까? 답은 일반 여자다. 즉 일반 남자는 생산자고 일반 여자는 1차 소비자가 된다. 흔히 예쁜 여자의 얼굴값이 능력 있는 남자의 능력 값보다 더 비쌀 거라 생각하지만 아니다. 연애계 먹이사슬에서 3차 소비자는 능력 남, 2차 소비자가 예쁜 여자다. 미에 대해 신경 쓰고 투자하는 여자들이 많아지면서 그만큼 '예쁜 여자'는 증가했다. 반면 경제는 불확실해졌고 위축됐다. 상대적으로 그런 여자들이 원하는 근사한 남자가 줄어들었기 때문이다. 단언컨대 예쁜 여자의 얼굴값보다 정말 잘났거나, 스스로 잘났다고 생각하는 남자들의 '꼴값'이 더 심하다.

전문가 의견 5번

Love skill
assessment

9

널 믿어

♥ ♥ ♥ ♥ ♥ ♥ ♥ ♥

남자와 좋은 관계를 계속 유지하고 싶을 때 사용하면 좋은
표현은?

1 널 믿어

2 널 사랑해

3 널 좋아해

4 라면 먹고 갈래?

5 400만 원만 빌려줄래?

사랑한다는 말은 여자들이 좋아하는 표현이다. 하는 것도 좋아하고 듣는 것도 좋아한다. 그녀들은 마치 자신의 선택이 잘못되지 않았음을 확인이라도 하려는 듯 '사랑한다'는 말을 듣고 싶어 한다. 반면, 남자에게 사랑한다는 말은 그 정도로 와 닿는 표현은 아니다. 남자와 좋은 관계를 유지하고, 남자를 관리하고 싶다면 '믿는다'는 표현이 더 효과적이다.

남자는 '장수'다. 장수는 자신을 알아봐주고 인정해주는 주군을 위해 목숨을 바친다. 잘한다고 다독여주고 믿음을 보여주면 보답하려고 노력하는 것이 남자다. 반면 다그치고 꾸중하면 점점 더 찌그러진다. 시스템에 문제가 있는 일부 남자를 제외하면 일반적인 남자들은 '신뢰'를 중요하게 생각한다. 남자들 사이에서는 '사랑'보다 '신뢰'가 더 중요하다. 그것을 지키지 못하면 무시당하고 외로운 삶을 살아야하기 때문이다.

남자는 자신을 사랑해주는 여자는 배신하지만, 믿어주는 여자는 쉽게 배신하지 못한다.

보는 눈의
차이

♥ ♥ ♥ ♥ ♥ ♥ ♥ ♥

남자가 여자를 볼 때 가장 중요하게 보는 것은?

1 돈

2 가슴

3 얼굴

4 집안

5 학력

일단 설문조사를 하면 '성격'과 '마음'을 본다는 응답이 가장 많다. 그러나 현실에서 남자들은 여자를 'zoom out'으로 본다. 일단은 얼굴이다. 얼굴부터 눈에 들어오고 그다음 몸매, 스타일, 직업이나 학력, 집안과 같은 나머지 정보들을 파악한다. 반면 여자는 남자를 'zoom in'으로 본다. 얼굴보다는 키가 더 중요하고, 키만 큰 것보다는 전체적인 스타일이 좋은 남자가 더 좋다. 물론 스타일이 아무리 좋아도 무직이면 곤란하다. 그래서 누군가는 이런 말을 한다.

"남자는 철들면 성격을 보고, 여자는 철들면 능력을 본다."

참고로 얼굴 예쁜 여자는 얼굴값을 한다. 남자들이 가장 중요하게 생각하는 것이 '얼굴'이기 때문이다. 반면 다른 것 없이 그냥 잘생기기만 했다면 남자는 여자만큼 얼굴값을 못한다. 여자들은 얼굴만 보는 것이 아니라 다른 부분을 더 중요하게 보기 때문이다. 단, 강동원급은 예외다.

전문가 의견 3번

데이트는 비 올 때 하는 것이 유리하다.

해설 ————————•

비 올 때 하는 감상적인 데이트도 분위기가 있겠지만, 일반적으로 보면 맑은 날씨에 데이트하는 것이 더 유리하다. 캐나다 앨버타 대학 연구팀은 날씨가 설득에 미치는 영향에 대해 실험했다. 그 결과 단지 날씨가 화창하다는 이유만으로 사람들은 기분이 좋아졌고, 타인에게 쉽게 설득되었다고 한다. 화창한 날씨는 기분을 좋게 만든다. 따라서 데이트 분위기를 더 좋게 만들어주는 효과가 있다. 단, 날씨만큼이나 온도 역시 중요하므로 너무 춥거나 더운 날에는 야외 데이트는 적당히 하는 것이 좋다. 무엇보다 데이트할 때 날씨보다 중요한 것은 '누구와 함께 있느냐?'이다.

정답
X

"그런데 어찌된 일이야, 요새는
비겁하게 치마 속으로 손을 들이미는
때 묻고 약아빠진 졸개들은 많은데

불꽃을 찾아 온 사막을 헤매며
검은 눈썹을 태우는
진짜 멋있고 당당한 잡놈은
멸종 위기네"

– 문정희 시인의 '다시, 남자를 위하여' 中 –

Love skill
assessment
Class 6
스킨십

연애능력평가 문제지
- 제한시간 5분 -

스킨십 영역

1. 커플 사이에 '스'자 들어가는 스킨십을 둘러싼 갈등이 시작되는 시기는 언제일까?
   - ☐ 7시간
   - ☐ 3일
   - ☐ 일주일
   - ☐ 한 달
   - ☐ 석 달

2. 다음 중 첫 키스를 하기에 가장 좋은 장소는 어디일까?
   - ☐ 자동차
   - ☐ 바닷가
   - ☐ 그녀의 집 앞
   - ☐ 한적한 공원
   - ☐ 자취방, 멀티방 등

3. 정말 술을 마시면 스킨십을 할 확률이 높아질까?
   - ☐ 오히려 떨어진다
   - ☐ 정말 높아진다
   - ☐ 술과 스킨십에는 상관관계가 없다
   - ☐ 이성을 보는 눈이 떨어진다
   - ☐ 술을 마시면 초능력이 생긴다

4. 오징어 씨와 데이트 중인 미선 씨. 그녀가 외박에 대응하기 위해 사용한 전략은 무엇일까?
   - ☐ 공개된 장소에서만 데이트하기
   - ☐ 데이트 거절하기
   - ☐ 아는 오빠랑 같이 나가기
   - ☐ 전기충격기 휴대하기
   - ☐ A4 용지 프린트하기

5. '스'자 들어가는 스킨십을 할 때 '전희'라는 것을 한다. 다음 중 어느 정도의 '전희'를 해야 더 즐거운 스킨십을 할 수 있을까?
   - ☐ 3분
   - ☐ 5분
   - ☐ 10분
   - ☐ 20분
   - ☐ 그런 거 할 생각을 못 한다

6. 첫 만남에서 '스'자 들어가는 스킨십을 해버렸다면, 그런데 상대가 좋아졌다면 어떻게
   하는 것이 좋을까?

   □ 이제부터라도 조절한다   □ 어차피 걸렸다. 될 대로 되라고 한다
   □ 이왕 이렇게 된 것 스킨십을 무기로 사용한다   □ 기억이 안 나는 척 한다
   □ 술 때문이라고 한다

7. 남자친구가 'CD'를 사용하지 않으려고 한다. 어떻게 하는 것이 좋을까?
   (CD = Condom의 약자)

   □ 당당히 거절한다   □ 헤어진다
   □ 한번 봐준다   □ 박스로 사준다
   □ 내가 약을 먹는다

8. 배우 마릴린 먼로의 성관계 비디오가 경매에 나온 적이 있다. 당시 한 사업가가 150만 달
   러를 주고 이를 구입했는데, 그 이유는 무엇이었을까?

   □ 재테크 하려고   □ 돈이 남아돌아서
   □ 복사해서 나눠보려고   □ 마릴린 먼로를 지켜주려고
   □ 혼자 보려고

9. 오징어 씨와 만나는 민지 씨. 그런데 민지 씨는 손만 잡고 있고 싶은데 오징어 씨는 그 이
   상의 것을 시도한다. 부드럽게 스킨십을 차단할 수 있는 좋은 방법이 없을까?

   □ 단둘이 밀폐된 공간은 피한다   □ 바쁘게 서서 움직인다
   □ 입안에 뭘 넣고 있는다   □ 술을 조심한다
   □ 손에 뜨거운 잔을 들고 있는다

10. 다음 중 서로가 행복하고 존중받는 스킨십을 하기 위한 3가지 조건은 무엇일까?

    □ 내가 원해서 하는 것인가?   □ 상대는 매력적인 사람인가?
    □ 상대는 믿을 만한 사람인가?   □ 분위기가 좋은가?
    □ 안전한 스킨십인가?

- 고생하셨습니다. -

Love skill
assessment

1

'스'자 들어가는
스킨십

♥ ♥ ♥ ♥ ♥ ♥ ♥ ♥

커플 사이에 '스'자 들어가는 스킨십을 둘러싼 갈등이 시작
되는 시기는 언제일까?

1 7시간
2 3일
3 일주일
4 한 달
5 석 달

남녀의 스킨십 속도는 만남의 과정에 영향을 받는다. 클럽 같은 곳에서 만난 사이라면 7시간 만에도 가능할 것이고, 소개팅처럼 주선자와 연관이 있다면 약간의 탐색전이 필요할 것이다. 만약 일반적인 관계라면 '스'자 들어가는 스킨십을 시도하기까지 어느 정도의 시간이 걸릴까?

전 세계 52개국, 1만 6,000여 명의 성인을 대상으로 '첫 관계 시점'에 대한 조사를 했다. 연구팀은 '만난 지 일주일이 되었을 때 함께 잘 수 있겠습니까?'에 관해 물어본 후 −3(절대 아니다)에서 +3(반드시 그럴 것이다) 사이의 값으로 평가를 부탁했다. 이런 질문을 하루, 일주일, 1개월 식으로 바꿔가며 계속 질문한 결과 어느 한 시점을 기준으로 남녀 사이에 큰 차이가 나타난다는 것을 밝혀냈다.

서양의 경우 약 '1개월'을 기점으로 여성은 '아직은 아니다'고 생각했지만, 남성은 '때(?)가 됐다'고 생각한 경우가 더 많았다. 그럼 보수적이라 생각하는 대한민국은 어떨까? 동양 문화권에서는 약 '3개월'이 지날 때부터 남자와 여성의 생각이 달라지는 것으로 나타났다. 이를 알면 왜 남자친구들이 100일 기념일을 그토록 열심히 준비하는지 알 수 있을 것 같아 '므흣'(?)하다.

참고로 진짜 연애는 '스'자 들어가는 스킨십 이후부터다. 그 전까지의 연애는 비효율적이라 행복한 그런 연애일 뿐이다.

전문가의견 3번

첫 키스

♥ ♥ ♥ ♥ ♥ ♥ ♥ ♥

다음 중 첫 키스를 하기에 가장 좋은 장소는 어디일까?

1 자동차

2 바닷가

3 그녀의 집 앞

4 한적한 공원

5 자취방, 멀티방 등

첫 키스는 어디서 하는 것이 좋을까? 듀오가 첫 키스에 대해 재미있는 설문조사를 했다. 먼저 어디서 첫 키스를 하는 것이 좋을까? 드라마의 영향 때문인지 남성들은 '그녀의 집 앞'을 가장 키스하고 싶은 장소 1위로 꼽았다. 반면, 여성들이 가장 선호하는 장소 1위는 '한적한 공원'이었다. 이어서 '바닷가' '자동차 안' 순이었다. 첫 키스를 할 때 여성들에게 중요한 포인트는 '단둘이, 조용한 장소, 분위기'다.

재미있게도 여성들은 남자친구가 이런 행동을 하면 '키스를 시도하겠구나' 하는 사실을 눈치 챈다고 한다. 남자들이 키스하기 전에 하는 '예비 행동'은 다음과 같다. 1위는 "여기 좀 앉아봐" 하며 자신의 옆 자리로 데려온다. 2위는 갑자기 손목을 잡는다. 3위는 여자 친구의 눈을 그윽하고 느리게 응시한다. 등이었다. 나라면 그녀의 옆 자리로 가서 말없이 쳐다보겠다. 이때 어색하다고 웃지 않는 것이 포인트다. 그럼 그녀도 예감하고 마음의 준비를 하게 될 것이다.

이런 첫 키스는 언제 하는 것이 좋을까? 스킨십에 정석은 없다. 그러나 정상은 있다. 마음이 먼저 움직이고 입술이 움직이면 정상이고, 입술로 마음을 움직이려고 하면 비정상이다.

남자일 경우 **3번**
여자일 경우 **4번**

182

술과
스킨십

♥ ♥ ♥ ♥ ♥ ♥ ♥ ♥

정말 술을 마시면 스킨십을 할 확률이 높아질까?

1 오히려 떨어진다

2 정말 높아진다

3 술과 스킨십에는 상관관계가 없다

4 이성을 보는 눈이 떨어진다

5 술을 마시면 초능력이 생긴다

"이 술은 아무리 못생긴 당신도 이성과 섹스를 할 수 있게 해줍니다." 독일의 한 맥주 광고에 등장하는 문구다. 마신다고 잘생겨지는 '핸섬비어'도 아니고 도대체 왜 술을 마신다고 '스'자 들어가는 스킨십을 할 가능성이 커지게 되는 것일까?

그 뻔한 답은 상대가 취하기 때문이다. 술 마셨을 때 이성이 더욱 예쁘게 보이는 현상을 '비어 고글'(beer goggle) 효과라 한다. 남자라면 공감하는 이야기로, 안목이 떨어진다는 표현보다는 이성이 평상시보다 더 매력적으로 보인다고 표현하고 싶다. 즉, 남자 입장에서는 술을 마시면 여자가 평소보다 더 예뻐 보이는 것이 사실이다. 참고로 술 마신 후 데이트 신청을 한 사람 중 68%는 술이 깬 후 자신이 했던 짓에 대해 후회했다는 맨체스터 대학의 실험결과도 있다.

그렇다면 여자는 어떨까? 캐나다 레이크헤드 대학의 커스틴 오이노넨 박사 연구팀에 따르면 '비어 고글' 효과는 남자보다 여자에게 더 치명적이라고 한다. 남자는 술에서 깨어나면 비어 고글 효과가 사라졌지만, 여자는 더 오래 지속됐기 때문이다. 심지어 지난 6개월 동안 음주를 한 여성들은 맨 정신에도 남성의 외모를 분간하는 능력이 떨어지는 것으로 나타났다.

술을 마신 여성들은 남성 얼굴의 대칭성을 판독하는 능력이 떨어지는 것으로 나타났으며, 더 많이 마실수록 남성을 보는 안목이 더 떨어졌다. 월 평균 6잔을 마신 여성들은 5잔 마신 여성보다 남성을 보는 안목이 더 낮아진 것이다. 여성의 음주는 성욕과도 연관이 있었다. 과학 저널 〈네이처(Nature)〉에 실린 다른 논문을 보면 술을 마신 여성은 테스토스테론 호르몬의 생산량이 증가했다. 남성호르몬인 테스토스테론은 폭력이나 성욕과 연관이 있는 호르몬이다. 단, 여성 역시 술에 취하면 성욕이 증가하지만 '오르가슴'에 도달하는 능력은 떨어졌다고 한다.

연구를 주도한 오이노넨 박사는 "술이 뇌의 시각인식 능력에 영향을 미치는 것으로 보이지만, 이러한 영향이 항구적인지는 말할 수 없는 단계다"며, "젊은 여성의 술 소비가 늘어나고 있기 때문에 여성들이 덜 매력적인 남성을 매력적으로 여길 가능성 역시 커진다고 볼 수 있다."고 했다.

남자는 술을 마시면 대부분의 여자가 예뻐 보이고, 여자는 술을 마시면 남자를 판단하는 능력이 떨어진다. 남녀 모두 적당히 술을 마셔야 오징어를 피할 확률이 높아진다는 연구결과다.

전문가 의견 2번

외박

♥ ♥ ♥ ♥ ♥ ♥ ♥ ♥ ♥

오징어 씨와 데이트 중인 미선 씨. 그녀가 외박에 대응하기
위해 사용한 전략은 무엇일까?

1 공개된 장소에서만 데이트하기
2 데이트 거절하기
3 아는 오빠랑 같이 나가기
4 전기 충격기 휴대하기
5 A4 용지 프린트하기

2006년, 아내와 만난 지 얼마 안 됐을 때 이야기다. 금요일을 맞아 우리도 홍대에서 한번 놀아보자고 한 날이었다. 분위기 좋은 카페에서 평소 안 마시는 술도 많이 마셨다. 재즈에 취해 와인에 취해 한참 분위기가 좋아질 무렵. 어느덧 시간은 12시를 지나 새벽 1시를 향하고 있었다. 어느덧 지하철도 끊어지고 와인도 빈 병이 됐다. 내가 먼저 칼을 뽑았다.

나: 우리 이제 나가자.

여친: 나가서 어디 갈 건데?

나: 몰라. 나 답답하고 어지러워. 일단 나가자.

여친: 잠깐만 (하더니 가방에서 뭔가를 꺼내서 나에게 준다.)

나: 그게 뭔데?

A4용지를 몇 장 프린트해서 줬는데, 보니까 홍대입구역 근처 찜질방 약도를 다 뽑아 놓은 것이었다. 그래서 7번 출구 근처였나. 무슨 불가

마 찜질방에 갔는데 불금의 홍대 찜질방은 정말이지 전쟁터였다. 도저히 잠은 못 잘 것 같아 뜬 눈으로 밤을 보냈다.

솔직하게 고백한다. 만약 그때 아내가 내 의도(?)에 따라 순순히 'MT'(?)를 따라왔다면 어쩌면 지금 우리는 남남이 됐을지도 모른다. 그날 나는 작업에 실패했음에도 하나도 기분이 나쁘지 않았다. 오히려 그녀에 대한 신뢰가 생겨 그때부터 더 그녀를 좋아하게 됐다. 남자의 이중성이다.

전문가 의견 **5번**

스킨십
노하우

♥ ♥ ♥ ♥ ♥ ♥ ♥ ♥

'스'자 들어가는 스킨십을 할 때 '전희'라는 것을 한다. 다음 중 어느 정도의 '전희'를 해야 더 즐거운 스킨십을 할 수 있을까?

1 3분

2 5분

3 10분

4 20분

5 그런 거 할 생각을 못 한다

'스'자 들어가는 스킨십을 할 때 남자들은 '크기와 시간'(?)을 중요하게 생각한다. 그러나 '정력만사성'과 같은 힘에 대한 동경은 남성들의 판타지일 뿐 여성들은 배려 없는 터프함을 앞세운 남성보다 매너 있고, 부드러운 남성을 원한다. 실전에서 중요한 것은 거대한 힘(?)이 아닌 인내심과 배려심이다.

네덜란드 성의학 전문가인 홀스테헤 박사는 말했다. "최소 20분 정도의 전희 단계를 거친 후 15분의 사랑(?)을 지속하면 여성의 98%는 오르가슴에 도달할 수 있다." 혼자 흥분해서 상대도 나와 같을 것이라는 착각은 금물이다. 부피(?)만 커지면 흥분한 것인 남성과 달리 여성의 흥분 기준은 복잡하다. 배려심으로 무장한 후 인내심을 가지고 기회(?)를 기다릴 줄 아는 남자. 이런 남자가 멋진 남자다.

전문가 의견 4번

타이밍

♥ ♥ ♥ ♥ ♥ ♥ ♥ ♥

첫 만남에서 '스'자 들어가는 스킨십을 해버렸다면, 그런데
상대가 좋아졌다면 어떻게 하는 것이 좋을까?

1 이제부터라도 조절한다

2 이왕 이렇게 된 것 스킨십을 무기로 사용한다

3 술 때문이라고 한다

4 어차피 걸렸다. 될 대로 되라고 한다

5 기억이 안 나는 척 한다

남자라면 신뢰를 잃었을 것이다. 당신이 어떻게 해도 상대는 당신을 경계하고, 경계하지 않는다면 그저 그런 녀석으로 볼 것이다. 여자도 마찬가지다. 설사 평소 안 그러다가 그날따라 술 때문에 컨트롤을 못해서 생긴 일이라고 해도 남자는 당신을 처음 본 남자와 '스'자 들어가는 스킨십을 하는 그런 여자로 생각할 것이다. 다음에 만나면 당연하다는 듯이 스킨십을 요구할 것이다.

진심으로 상대가 좋다면, 이제부터라도 그때 모습이 내 본 모습이 아님을 보일 수 있어야 한다. 신뢰에는 시간이 필요하다. 특히 잘못된 첫 단추를 끼운 상대라면 더더욱 그렇다.

전문가의견 1번

Love skill
assessment

7

'CD' (?) 사용 권장법

♥ ♥ ♥ ♥ ♥ ♥ ♥ ♥

남자친구가 'CD'를 사용하지 않으려고 한다. 어떻게 하는
것이 좋을까? (CD = Condom의 약자)

1 당당히 거절한다

2 한번 봐준다

3 내가 약을 먹는다

4 헤어진다

5 박스로 사준다

CD를 사용하면 감이 떨어진다는 남자들이 많다. 그러나 남성들을 대상으로 실험한 결과 초박형 제품의 경우 맨살과 착용 후의 촉감을 정확히 구분하기 어려웠다고 한다. 어떤 남성들은 CD를 착용하면 강직도가 약해진다고 믿기도 한다. 그러나 이 역시 착각이다. 신체적으로 CD 착용과 강직도는 아무 상관이 없다. 대부분 남성의 성 관련 문제는 본인이 그렇게 믿어서 진짜 그렇게 되는 '심리적 문제'인 경우가 많다. 가장 자주 나오는 표현은 "내가 잘 조절할게"다. 그러나 남자들은 안다. 그게 마린 컨트롤하듯 되는 게 아니라는 사실을 말이다. 그 날이 되도 올게(?) 오지 않았을 때의 그 '공포감'을 경험하면서도 왜 CD를 거부하는 남자들이 많을까? 그렇다면 이런 경우 어떻게 해야 할까?

"제발 오늘만" "오늘은 괜찮잖아? 다음부터는 안 그럴게"라는 말에 약해져 허락을 하면 앞으로도 계속 그래야 한다. 돈이 없는 것이 아니라 마음이 없는 것이다. 그리고 내가 너무 원해서 그런 것이 아니라면 사줄 필요는 없다. 요즘 아무리 약이 좋아졌다고 하더라도 여성이 약을 먹는 것보다 남성이 착용하는 것이 저렴하고 편리하고 무엇보다 안전하다. 그렇다고 헤어질 것은 없다. 단, CD 없이 스킨십 하는 것을 거절했을 때 이 때문에 관계에 문제가 생긴다면 그때는 헤어져도 된다.

답은 1번이다. 너와 나를 위해 당당히 거절해야 한다. 밖에 장대비가 내리고 있더라도 나가서 사오라고 해야 한다. 그렇게 그게 없으면 스킨십을 못한다는 것을 체험해야 다음부터는 알아서 준비를 하게 된다.

남자들에게 힌트를 주면 CD는 관계에 오히려 도움이 된다. 적당한 자극만 있으면 언제 어디서라도 흥분이 가능한 남성과 달리 여성이 흥분상태에 오르기 위해서는 내외적으로 안정적인 상태가 필요하다. 피임에 대한 불안감이 있는 여성이 온전히 즐거움을 느끼기란 어려운 일이다. 진짜 멋진 남자는 파트너를 그런 불안감으로부터 벗어나게 해준다.

마릴린 먼로와
야구동영상

♥ ♥ ♥ ♥ ♥ ♥ ♥ ♥

배우 마릴린 먼로의 성관계 비디오가 경매에 나온 적이 있
다. 당시 한 사업가가 150만 달러를 주고 이를 구입했는데,
그 이유는 무엇이었을까?

1 재테크 하려고

2 복사해서 나눠보려고

3 혼자 보려고

4 돈이 남아돌아서

5 마릴린 먼로를 지켜주려고

2008년 있었던 일이다. 미연방수사국(FBI)에서 기밀로 분류돼 가지고 있던 마릴린 먼로의 성관계 비디오테이프가 경매로 나왔다. 영상 속 여성은 마릴린 먼로가 확실하지만, 남성은 누구인지 밝혀지지 않았는데 당시 FBI 수사국장이던 에드가 후버는 그 남성이 존 에프 케네디라 생각하고 수사를 벌이기도 했다고 한다.

1950년대 촬영된 것으로 추정되는 15분짜리 릴 테이프는 한 남성에게 150만 달러에 넘겨졌는데, 신원이 밝혀지지 않은 그는 이렇게 말했다고 한다. 자신은 마릴린 먼로의 팬이며, 먼로가 사람들에게 조롱거리가 되는 것을 원치 않는 마음으로 이 테이프를 구매했다. 따라서 이것이 세상에 공개되는 일은 없을 것이다. 마치 일부(?) 남자들에게 진짜 사랑이 무엇인지 알려주는 것 같다.

스마트 기기가 발달하면서 합의하에 때로는 불법적으로 사랑을 기록하는 사람들이 늘어나고 있다.

참고로 카메라 또는 이와 유사한 기능을 갖춘 기계장치를 이용하여 성적 욕망 또는 수치심을 유발할 수 있는 타인의 신체를 그 의사에 반하여 촬영하거나 그 영상물을 배포, 판매, 임대 또는 공연히 전시 상영한 자는 5년 이하의 징역 또는 1천 만 원 이하의 징역에 처한다. (성폭력범죄의 처벌 및 피해자보호 등에 관한 법률 제14조의 2 제1항)

일찍이 전영록 형님은 '사랑은 연필로 쓰세요' 라고 하셨다. 젊은 날의 사랑은 마지막 사랑처럼 하지만 마지막이 아닐 확률이 매우 높다는 것을 노래로 알려주신 것이다. 그런 걸 굳이 기념으로 제작할 필요도 없고, 혼자만 보겠다는 말에 넘어가지도 않았으면 좋겠다.

전문가 의견 5번

200

Love skill
assessment

9

스킨십
차단법

♥ ♥ ♥ ♥ ♥ ♥ ♥ ♥

오징어 씨와 만나는 민지 씨. 그런데 민지 씨는 손만 잡고 있
고 싶은데 오징어 씨는 그 이상의 것을 시도한다. 부드럽게
스킨십을 차단할 수 있는 좋은 방법이 없을까?

1 단둘이 밀폐된 공간은 피한다

2 입안에 뭘 넣고 있는다

3 손에 뜨거운 잔을 들고 있는다

4 바쁘게 서서 움직인다

5 술을 조심한다

대학생 때 『여우들이 궁금해하는 늑대들의 진실』이란 책을 출간했다. 그때 써놓고 가장 좋아했던 표현이 있다. "남자의 스킨십 사전에 후퇴란 단어는 없다." 처음 한 번이 어려워서 그렇지 일단 전진하면 절대 후퇴하지 않는 것이 남자의 스킨십이다. 과연 이런 남자의 스킨십을 차단할 방법이 있을까? 남자 입장에서 정리해 본다.

먼저 중요한 것은 '장소와 분위기'다. 적정 진도에 도달했다면 모를까? 아직 본격적인 레이스(?)에 돌입하기 전이라면 남자도 이런저런 상황을 만들기 위해 노력한다.

먼저 기본적인 상황에는 '바닷가 여행' '술자리' '멀티방 등 단둘만의 밀폐된 공간' '자동차 안' '늦은 시간 공원' '빈집 또는 자취방' '어두컴컴한 카페' 등이 있다. 먼저 여행의 경우 같이 간다는 사실만으로도 막 만나기 시작한 남자는 이미 흐뭇한 미소를 지을 것이다. 술은 사람을 무장해제 시키는 효과가 있다. 알면서도 마신다면 상관없지만 아니라면 주의가 필요하다. 참고로 어떤 남자들은 공평하게 똑같은 양을 마시자고 하는데, 과학적으로 보자면 남자가 여자보다 1.5배~2배 정도 더 마셔야 공평한 것이다.

단둘이 밀폐된 공간에 있다는 그 자체만으로도 스킨십의 유혹에 노출되게 된다. 특히 자취하는 커플의 경우 비용과 효율적인 측면에서 그 진도가 타 커플에 비해 월등히 빠르다. 한번 들어와서 함께 하는 순간부터 마치 자기 집처럼 드나드는 상대를 보게 될 것이다. 지금 생각해보니 사랑은 충전하지 못하는 배터리와 같아서 그렇게 쓰면 일찍 방전되어 버린다. 이런 상황까지 갔다면 귀에 들어오지 않겠지만 알고 있기라도 했으면 좋겠다.

단둘이 밀폐된 공간에 있을 때의 차단법은 없을까?
단둘이 밀폐된 공간에 있다면 스킨십에 '사각'은 없다. 모든 상황이 가능하다. 소파, 침대 심지어 서 있어도 가능하다. 따라서 경계를 한다면 적당한 거리를 유지하며 어딘가에 살짝 걸터앉는 것이 좋다. 계속 움직이는 것도 좋은 방법이다. 움직이고 있으면 틈이 안 나온다. 스킨십을 하려는 남자는 자꾸 "왜 이렇게 돌아다녀. 그냥 이리 좀 와라"라며 자꾸 손을 당길 것이다. 벽을 등지고 있는 것은 유혹적이다. 남자들도 드라마에 나오는 그 장면을 따라 하고 싶을 때가 있다.

손에 무언가를 들고 있는 것도 방법이다. 물 컵이나 따뜻한 커피 등도 좋다. 스킨십을 하기 위해서는 손에 있는 것을 놓아야 하므로 상대 입장에서는 거슬리기 마련이다. 만약 이런 상황에서 기습적으로 다가오면 물을 살짝 엎지르면 분위기 환기가 된다. 과자 같은 것을 먹고 있으면 기습 키스를 막을 수 있다. 사탕이나 초콜릿은 유혹적이다. 자갈

치나 초코송이 같은 걸 먹고 있으면 어지간해서는 확 달려들기가 쉽지 않다.

계속 질문을 하는 것도 좋다. 스킨십을 하려면 분위기를 잡아야 하고, 그러기 위해서는 침묵이 필요한데 질문을 계속 던지면 분위기가 깨져 타이밍을 놓치게 된다. 아니면 갑자기 남자가 지긋이 쳐다본다면 일어 나서 바쁘게 움직이는 것도 좋다. 용건이 있는 남성은 최대한 움직임을 봉쇄하려고 할 것이다. 이런 방법들은 일시적일 뿐 이미 시작된 스킨십 을 차단하기란 불가능하다.

가장 중요한 한 가지. 원치 않는 스킨십을 막는 최선의 방법은 '싫어' 라고 단호하게 말하는 것이다. 만약 스킨십을 거절했다고 만남 자체에 문제가 생기는 남자라면 목적이 드러난 것이니 현명하게 판단하길 바 란다.

전문가 의견 1, 2, 3, 4, 5번

Love skill
assessment

10

스킨십의
3요소

♥ ♥ ♥ ♥ ♥ ♥ ♥ ♥

다음 중 서로가 행복하고 존중받는 스킨십을 하기 위한 3가
지 조건은 무엇일까?

1 내가 원해서 하는 것인가?

2 상대는 믿을 만한 사람인가?

3 안전한 스킨십인가?

4 상대는 매력적인 사람인가?

5 분위기가 좋은가?

마이클 베이 감독의 〈아일랜드〉를 보면 스킨십과 관련된 장면이 나온다. 클론인 '링컨 6 에코'(이완 맥그리거)와 '조던2 델타'(스칼렛 요한슨)은 겉모습은 성인이지만 스킨십에 대해서는 전혀 모르는 순진한 어린아이와 같다. 함께 연구소를 탈출한 이들은 사랑이 무엇인지, 키스를 왜 하는지도 전혀 몰랐지만, 어느 순간 키스를 하게 된다. 누가 가르쳐 주지 않았음에도 자연스럽게 서로에게 이끌려 스킨십을 한 이들은 말한다. "이렇게 좋은 걸 왜 하지 않았을까?"

진화론적 관점에서 보면 스킨십의 목적은 '종족 번식'이다. 그러나 누구도 아침에 눈을 뜨면서 "오늘은 종족을 좀 번식 해야겠군"이라고 하지 않는다. 사람들이 과일을 먹는 이유는 비타민 섭취를 위해서지만 그들은 그 사실을 모른 채 그저 맛이 있어서 먹는다고만 생각한다. 마찬가지로 스킨십의 최종 목적은 '종족 번식'이며, 스킨십을 할 때의 쾌감은 그 행동을 더 자주 하도록 만들기 위한 일종의 보상이다.

하지만 인간은 '피임' 기술을 개발하고 발전시켰고, 그로 인해 스킨십의 쾌락을 얻으면서 '종족 번식'은 하지 않는 방법을 터득해냈다. 사람들은 스킨십의 책임으로부터 가벼워졌지만, 그들은 몰랐다. 가벼운 스킨십이 가벼운 관계를 만든다는 것을 말이다. 행복하고 존중받는 관계를 위한 스킨십을 하기 위한 3가지는 다음과 같다.

첫째, 내가 원해서 하는 스킨십인가? 남녀의 스킨십 욕구에는 차이가 있다. 내가 아내에게 늘 하는 말이 있다. "당신이 욕구가 부족한 것이 아니라 내가 과해서 그런 거야" 평범하거나 때로는 소심해 보이는 남자들조차도 살면서 한 번쯤은 자신이 '변태'가 아닌가? 하는 생각들을 한다. 지나치게 자위행위를 하면서 후회하기도, 길을 걷다 벽에 뚫린 구멍이나 전봇대만 봐도 야한 생각이 든다. 반면 여성들은 남자만큼은 아니다. 그래서 남녀가 만나면 스킨십 진도와 과정을 둘러싼 갈등이 생긴다. 보통은 남자가 좀(?) 더 과하기 때문이다.

그래서 행복한 스킨십과 존중받는 관계를 유지하기 위해서는 '서로가 원하는 때'에 하는 것이 중요하다. 나는 원치 않지만, 상대가 원하니까 '원해지는 것'을 의미하는 것이 아니다. 남자 여자를 떠나 처음 한 번이 중요하다. 모든 스킨십은 시작이 중요한 법이다. 그 시작이 기준점이 되고, 앞으로의 나침반이 되기 때문이다. 한번 시작된 스킨십은 분명 점점 더 자극적인 것으로 발전하기 마련이다. 상호 협의가 없다면 누군가는 원치 않는 스킨십의 피해자가 되고, 그 관계는 더는 즐겁지 않게 된다.

둘째, 상대는 믿을 만한 사람인가? 남녀 모두 순간적인 분위기나 매력에 빠져 실수를 하곤 한다. 만약 원해서 하는 실수(?)라면 괜찮지만, 그러길 원치 않는다면 주의가 필요하다. 스킨십이 위험한 이유는 그것을 기점으로 상대에 대한 감정과 태도가 달라지기 때문이다. 스킨십 전만 해도 나와 별 상관이 없던 사람인데 스킨십 후에는 상대에게 큰 의미를 부여하게 되기도 한다. 인간은 사랑과 성욕을 혼동한다. 그렇게 사랑과 성욕을 착각하는 사람들은 올바른 판단을 내리는 것이 어려워진다.

셋째, 안전한 스킨십인가? 여기서 안전은 원치 않는 임신으로부터의 안전, 스킨십을 통한 질병으로부터의 안전, 각종 폭력이나 강요로부터의 안전 등을 말한다. 특히나 비정상적인 스킨십 등으로 몸에 상처를 내는 스킨십 등이 위험한 이유는, 그런 자극에 적응되면 점점 더한 자극을 찾게 되기 때문이다. 어떤 상황에서도 자기 몸은 자기가 지켜야 한다. 내가 내 몸을 아끼지 않으면 상대도 내 몸을 아끼지 않는다. 어떻게 스킨십을 하던 자신의 몸에 상처를 내거나, 그것이 고통스럽다면 당당하게 '노'라고 말할 수 있는 관계를 만들어야 하며, 그렇지 않는 관계는 정리하기를 바란다.

드라마 〈나쁜 녀석들〉에서 오구탁 반장(김상중)은 말한다. "진짜 기쁨은 말이다. 내가 기쁠 때 다른 사람도 같이 기뻐야 돼."
진짜 즐거운 스킨십은 내가 좋을 때 상대도 좋아야 한다. 나는 즐거운데 상대는 고통스럽다면 그건 사랑을 가장한 폭력일 뿐이다.

전문가 의견 **1, 2, 3번**

아시아 남성들의 평균 사이즈(?)는 13.21cm다.

해설 ●

'타겟맵(통계 자료를 바탕으로 세계 지도를 만드는 웹사이트 -편집자 주)'에 'World Map by Erect Penis Size'라는 자료가 나온다. 각 나라의 뉴스와 자료 등을 근거로 세계지도에 각 나라 남성의 자존심(?)을 'inch'로 표시한 것이다. 출처가 명확하지 않음에도 이 자존심에 대한 남성들의 관심이 대단하다.

여기에 보면 아시아 남성의 평균 사이즈는 대략 '9.66cm ~ 11.66cm'이며, 남미 · 아프리카 남성의 경우는 평균 16.10cm ~ 17.93cm'라고 한다. 아쉽게도(?) South Korea에 대한 데이터는 존재하지 않았으며, North

Korea 9.66cm, Japan 10.92cm, China 10.89cm, USA 12.9cm, Russia 13.21cm, United Kingdom 13.97cm, Germany 14.48cm, Congo 17.93cm로 나타나 있다.

전문가에 따르면 남자를 받아들이는 여성의 질은 대략 6~8cm 정도라고 한다. 입구에서부터 약 1/3 부위까지는 신경이 많이 분포되어 있어 성적인 느낌을 잘 받지만 깊은 곳은 신경 분포가 덜 되어 있어 성감 역시 둔해진다고 한다. 또한, 여성의 그곳은 신축성이 있게 적응하는 탄력적인 조직이기 때문에 남성들의 바람(?)과 달리 굵기 차이에 큰 영향을 받지 않는다고 한다. 열린 구멍이 아닌 닫힌 틈 같은 구조이기 때문에 크기 별로 딱딱 맞출 수 있다는 것이다. 프로이트, 킨제이와 함께 20세기 대표적인 성의학자로 꼽히는 마스터스와 존슨은 성관계 시 충분한 크기는 5cm라고 한 것도 이와 비슷한 맥락이라고 볼 수 있다.

연인과 스킨십을 할 때 중요한 것은 '사이즈'가 아닌 '배려심'이라는 것을 기억하고, 부디 집에 가서 줄자를 꺼내거나, 두루마리 휴지의 심을 사용하는 일이 없길 바란다.

정답
X

"이런 증상은 고장이 아닙니다."
새벽에 '틱틱'하는 소리가 나거나,
바닥으로 물이 조금 흘러나온다면
고장이 아니다.

– 냉장고 설명서 中 –

새로 산 냉장고
문짝이 떨어지거나,
전원이 꺼져버리면 이는
'고장'이다. 이럴 땐 고쳐 쓰려고
노력하기보다 반품하거나,
환불받는 것이 낫다.

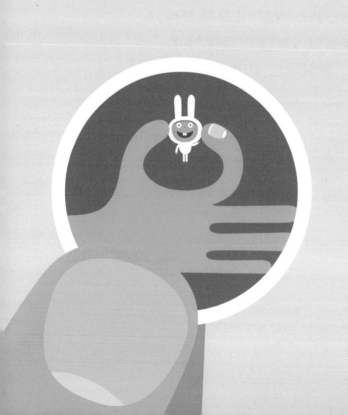

고쳐 쓸 애인 VS
버릴 애인

연애능력평가 문제지
- 제한시간 5분 -

고쳐 쓸 애인 vs 버릴 애인 영역

1. 애인이 기분파다. 평소에는 다정한데 기분이 나빠지면 갑자기 혼자 욕을 하거나 물건을
   부수는 등의 행동을 한다. 이럴 때 어떻게 하는 것이 좋을까?
   □ 고민할 필요 없다. 헤어진다   □ 외모가 송중기와 송혜교 정도면 계속 만난다
   □ 잘 달래서 만나본다   □ 기분파가 아니라 막가파다
   □ 사과하면 만나고, 우기면 헤어진다

2. 교제 2개월 차, 얼마 전 여행을 함께 다녀온 뒤로 급 친해졌다. 그런데 갑자기 사고가 났
   다며 700만 원만 빌려달라고 한다. 조만간 적금 만기가 돌아오는데 그때 이자까지 쳐서
   돌려주겠다고 한다. 어떻게 하는 것이 좋을까?
   □ 사랑하는 사이기에 빌려준다   □ 돈이 없으니 마이너스 통장을 이용해 빌려준다
   □ 연인끼리 금전 거래는 안 해야 한다고 말한다   □ 헤어진다
   □ 단호하게 안 빌려준다고 말한다

3. 연애 3개월째, 애인이 스킨십을 너무 좋아한다. 둘이 함께 있기가 무서울 정도다. 어떻게
   해야 할까?
   □ 헤어진다   □ 고소한다
   □ 맞춰주며 만난다   □ 햇볕을 받으며 데이트한다
   □ 곧 시들겠지 하며 만난다

4. 친구가 내 애인이 모텔에서 다른 이성과 나오는 것을 봤다고 한다. 어떻게 해야 할까?
   □ 헤어진다   □ 그 이성을 추적해 다리를 부러뜨려 버린다
   □ 상황을 물어본 후 헤어진다   □ 인터넷에 애인이 바람피운 사실을 공개한다
   □ 용서를 빌면 봐주고, 아니면 헤어진다

5. 애인에게 이성 친구가 많다. 밤 12시에도 다른 이성과 만나는데 이를 당당하게 말한다. 그냥 친구도 못 만나게 하면 그런 사람하고는 연애를 못 하겠단다. 어떻게 해야 할까?

☐ 친구라니 이해한다
☐ 남녀 사이에 친구는 없다. 싸운다
☐ 그 친구들을 만나 설득시킨다

☐ 진지하게 대화를 해보고 결정한다
☐ 〈안녕하세요〉토크쇼에 나가 100표 이상 받으면 헤어진다

6. 게임을 너무 좋아하는 애인, 화를 내면 고치겠다고 하지만 그때뿐이다. 어떻게 하는 것이 좋을까?

☐ 헤어진다
☐ 모두가 좋아하는 것이기에 참고 만나본다
☐ 그냥 같이한다

☐ 중독이면 헤어지고, 아니면 고쳐 쓴다
☐ 술, 도박, 폭력, 바람은 못 고친다. 그냥 헤어진다

7. 우연한 자리에서 사람을 만났다. 그런데 상대가 첫 만남에 뽀뽀를 한다. 계속 만나도 괜찮을까?

☐ 고마운 사람이다. 계속 만난다
☐ 뭔가 찜찜한 마음으로 그냥 만난다
☐ 무섭다. 안 만난다

☐ 관심은 고맙지만 경계한다
☐ 땡큐다. 뽀뽀로는 부족하다

8. 소개팅 중인 당신. 상대가 어색한 것이 싫다며 자꾸 술을 권한다. 이미 충분히 취한 것 같은데 내일 주말인데 뭐가 어떻냐며 자꾸 술을 권한다. 어떻게 하는 것이 좋을까?

☐ 감사히 주는 대로 마신다
☐ 땡큐다. 같이 마시는 조건이면 마신다
☐ 내 주량만큼 마시고 정중히 사양한다

☐ 화끈하게 한번 마셔준다
☐ 술값을 상대가 내는 조건으로 마신다

9. 결혼까지 생각하는 애인이 있다. 처음에는 즐겁고 좋았는데, 요즘 보니 말이 좀 많은 것 같다. 솔직히 가끔은 좀 피곤하기도 하다. 조금만 줄였으면 좋을 것 같은데 어떻게 해야 할까?

☐ 장기적으로 괜찮은 사람이다
☐ 잘 설득해서 조용하게 만든다
☐ 계속 뭔가를 먹인다

☐ 애인으로는 몰라도 결혼상대로는 별로다
☐ 그냥 헤어진다

10. 3년 사귄 애인이 있다. 어느 날 결혼 이야기를 하자 "너와 결혼은 안 할 거야"라고 한다. 어떻게 할까?

☐ 잘 설득해서 결혼하자고 한다
☐ 그냥 헤어진다
☐ 연인의 부모님을 만나 부탁한다

☐ 결혼은 하지 말고 그냥 같이 살자고 한다
☐ 5년까지만 기다려본다

- 고생하셨습니다. -

기분파

♥ ♥ ♥ ♥ ♥ ♥ ♥ ♥

애인이 기분파다. 평소에는 다정한데 기분이 나빠지면 갑자
기 혼자 욕을 하거나 물건을 부수는 등의 행동을 한다. 이럴
때 어떻게 하는 것이 좋을까?

1 고민할 필요 없다. 헤어진다

2 잘 달래서 만나본다

3 사과하면 만나고, 우기면 헤어진다

4 외모가 송중기와 송혜교 정도면 계속 만난다

5 기분파가 아니라 막가파다

연애의 목적은 '즐거움과 행복'이다. 연애할 때의 즐거움, 사랑을 주고받는 것에서 오는 행복감을 느끼는 것이다. 그런 연애를 하면서 누군가를 너무 사랑해서 마음이 아플 수는 있지만, 데이트를 하면서 코피가 난다거나, 몸에 멍이 든다면 그건 연애가 아니다.

사람들은 신체적인 폭력만 '폭력'이라고 생각하지만, 욕설이나 기물파손 같은 간접적인 위협도 폭력이다. 처음에는 소리를 지르고 혼자 욕을 하는 정도다. 그것이 익숙해지면 물건을 던지거나 때릴 것 같은 액션을 취할 것이다. 그 횟수가 증가하다 결국 올라갔던 손이 내려올 것이다. 연인 사이 폭력이 위험한 이유는 가해자와 피해자가 그것에 적응하기 때문이다. 별일을 별게 아닌 일로 생각하게 되면 그것이 일상적이게 된다.

폭력의 경우 고치려고 노력하기보다 그냥 버리는 것을 권한다. 사랑해서 만나고 싶더라도 헤어져야 한다. 단호하게 나는 그런 대우 받으며 연애하지 않는다는 것을 알려줘야 한다. 물론 이것도 초반에 소리를 지를 때나 효과가 있다. 이미 폭력이 시작됐다면 경찰에 신고해서 단호하게 대처하는 것이 낫다. 송중기나 송혜교 같은 사람과 연애하더라도 아프면서 하는 건 연애가 아니다.

전문가의견 1번

Love skill
assessment

2

돈 좀
빌려줘

♥ ♥ ♥ ♥ ♥ ♥ ♥ ♥

교제 2개월 차, 얼마 전 여행을 함께 다녀온 뒤로 급 친해졌
다. 그런데 갑자기 사고가 났다며 700만 원만 빌려달라고
한다. 조만간 적금 만기가 돌아오는데 그때 이자까지 쳐서
돌려주겠다고 한다. 어떻게 하는 것이 좋을까?

1 사랑하는 사이기에 빌려준다
2 연인끼리 금전 거래는 안 해야 한다고 말한다
3 단호하게 안 빌려준다고 말한다

4 돈이 없으니 마이너스 통장을 이용해 빌려준다
5 헤어진다

갑자기 큰돈이 필요하다면 누구에게 제일 먼저 연락할
까? 부모님, 친한 친구에게 말하고, 그래도 안 되면 은행이나 마이너스
통장 사용이 먼저다. 이 같은 절차를 건너뛰고 만난 지 얼마 되지도 않
은 연인에게 금전 문제를 이야기하는 것은 일반적인 상황이 아니다. 안
좋은 의심을 받기 딱 좋은 상황이다.

참고로 실제 상담사례를 보면 이 경우 돈을 빌려달라는 말을 하지는
않는다. 마치 내일 모레 결혼이라도 할 것 같은 사이를 먼저 만든다. 그
다음 갑자기 어려운 일을 만든 다음 그 상황을 반복적으로 이야기해서

상대가 먼저 "내가 좀 도와줄까?"하는 말을 꺼내게 한다. 그렇게 한두 번 거절하면 오히려 상대가 도움을 받으라고 부탁하는 상황이 연출된다. 언제나 처음에는 작게 시작한다. 그러나 한번 시작되면 나중에 한번에 갚는다며 다른 명목으로 돈을 빌려달라고 할 가능성이 크다.

따라서 이런 경우 상황을 봐야 한다. 먼저 애인에게 사랑하기에 지킬 것은 지켜야 한다는 것을 부드럽게 그러나 당당하게 말해야 한다. 상대가 그 말을 이해하고, 받아들일 수 있다면 그런 사랑을 택하는 건 본인의 선택이다. 반면, 돈을 빌려주지 않는다고 화를 내거나 그 때문에 관계에 문제가 생긴다면 헤어지는 것이 낫다. 연인이 돈을 빌려주지 않는다고 문제를 일으킨다면 이는 '돈 문제'가 아니라 '사람 문제'다.

전문가 의견 2번

Love skill
assessment

3

색광

♥ ♥ ♥ ♥ ♥ ♥ ♥ ♥

연애 3개월째, 애인이 스킨십을 너무 좋아한다. 둘이 함께
있기가 무서울 정도다. 어떻게 해야 할까?

1 헤어진다

2 맞춰주며 만난다

3 곧 시들겠지 하며 만난다

4 고소한다

5 햇볕을 받으며 데이트한다

스킨십 사전에 '후퇴'란 단어는 없다. 오직 전진만 있을 뿐이다. 처음에는 만나서 스킨십을 하지만 일정 궤도에 오르면 그때부터는 만나서 스킨십을 하는 것인지, 스킨십을 하려고 만나는 것인지 헷갈리는 때가 온다. 스킨십의 과정에서 강요나 강제, 폭력성이 수반된다면 문제가 되지만, 그냥 욕구가 강한 정도라면 헤어지기도 애매하다.

그러나 당장 욕구를 채우는 것도 즐겁지만, 행복한 연애를 오래 하고 싶다면 햇볕을 받으며 하는 데이트를 해야 한다. 목마를 때 마시는 물은 시원하고 달콤하지만 계속 마시다 보면 어느새 마셔도 시원하지 않고 맛도 없어진다. 스킨십도 마찬가지다.

상대를 통제할 수 없다면 상황을 통제해야 한다. 단둘이 밀폐된 공간에 있으면서 스킨십을 안 하기란 매우 어렵다. 차라리 상황을 안 만드는 것이 최선의 방법이다. 애인이 스킨십을 좋아하는 것 자체는 문제가 아니다. 다만 스킨십을 절제시키는 과정에서 욕구를 참지 못하고 관계에 문제가 발생한다면 이건 잘못된 관계다.

스킨십을 하려는 욕구보다 스킨십을 거절할 권리가 더 중요하다. 상대가 이를 인정하지 않는다면 좋은 연애 상대가 아니니 현명한 판단을 하길 바란다.

전문가 의견 5번

Love skill
assessment

4

바람둥이

♥ ♥ ♥ ♥ ♥ ♥ ♥ ♥

친구가 내 애인이 모텔에서 다른 이성과 나오는 것을 봤다.
어떻게 할까?

1 헤어진다
2 상황을 물어본 후 헤어진다
3 용서를 빌면 봐주고, 아니면 헤어진다
4 그 이성을 추적해 다리를 부러뜨려 버린다
5 인터넷에 애인이 바람피운 사실을 공개한다

마음 같으면 애인이 다니는 회사 홈페이지 게시판에 바람피운 사실을 공개하고 싶을 것이다. 이성적으로는 그러면 안 된다고, 법적으로 문제가 된다고 말리고 싶으나 선택은 자유다. 바람피운 잘못을 시인하고 용서를 빈다고 그냥 용서되지는 않는다. 함께 바람피운 상대를 추적해서 다리를 부러뜨리면 문제가 해결될까? 아니다. 오히려 연애하는 동안 앞으로 몇 명의 다리를 부러뜨려야 할지 모른다. 우리 착한 애인을 저 못된 사람이 꼬신 것 같지만 아니다. 문제는 당신의 애인이다. 당신 애인이 숙주고, 상대는 기생체에 불과하다.

답은 2번이다. 용서 못 해도 헤어지고, 용서하고 싶어도 헤어져야 한다. 소위 '연애의 싸가지'라 불리는 술, 바람, 폭력, 도박 등이 위험한 이유는 그것이 반복될 가능성이 크기 때문이다. 바람피운 애인을 쿨하게 용서하면 가뜩이나 재발 위험이 큰 바람피울 가능성은 더 커진다. 미련 없이 헤어져라. 그래서 애인이 석고대죄 하는 정도가 돼야 스스로 깨닫게 될 것이다. "이 사람은 한 번 더 바람피우면 끝이겠구나"란 사실을 말이다.

주변에서는 그냥 이번 기회에 정리하라고 할 것이다. 솔직히 내 마음도 그렇다. 신뢰란 벽돌로 집을 짓는 것과 같다. 시간을 들여 정성껏 한 장 한 장 쌓아 올리는 것이다. 쌓는 것은 힘들지만 무너지는 것은 한순간이다. 그렇게 무너진 신뢰는 복구하는 데 오랜 시간이 걸린다. 더 안타까운 사실은 완전히 복구되지 않고 앙금으로 남아 연인 관계에 문제가 생길 때마다 튀어나온다는 사실이다.

전문가 의견 *2번*

만인의
연인

♥ ♥ ♥ ♥ ♥ ♥ ♥ ♥

애인에게 이성 친구가 많다. 밤 12시에도 다른 이성과 만나
는데 이를 당당하게 말한다. 그냥 친구도 못 만나게 하면 그
런 사람하고는 연애를 못 하겠단다. 어떻게 해야 할까?

1 친구라니 이해한다
2 남녀 사이에 친구는 없다. 싸운다
3 그 친구들을 만나 설득시킨다
4 진지하게 대화를 해보고 결정한다
5 〈안녕하세요〉토크쇼에 나가 100표 이상 받으면 헤어진다

나도 그런 사람이라면 모를까? 참고 만날 수 있을 것이라 생각했던 것부터 잘못이다. 이 경우 누구의 잘못이라기보다(개인적으로는 친구 사이임을 내세워 오해 살 행동을 하는 사람이 잘못이라고 생각하지만) 서로 어울리지 않는 사람이 만난 것이다. 친구라고 그냥 이해할 수는 없다. 앞으로 계속 반복될 일이기에 언제까지 자신의 감정을 속일 수는 없을 것이다. 무조건 네가 잘못이라는 식으로 싸우기에는 처음부터 알고 시작한 탓도 있다. 상대의 친구들을 만나는 건 추천하지 않는다. 당신만 우스워질 뿐이다. 답은 4번이다. 자신의 감정을 솔직하고 당당하게 말해야 한다. 이건 얼마든지 기분이 나빠도 될 일이다. 다퉈야 한다면 다투는 것이 옳다. 그 과정에서 서로를 이해하고, 만남을 계속할 의지를 발견한다면 만나게 될 것이고 누구도 양보할 수 없다면 이 만남은 끝나게 될 것이다.

참고로 '쿨한 사랑'은 없다. 사랑은 핫한 것이다. 핫한 사랑에는 질투와 시기 같은 감정이 세트 메뉴처럼 따라붙기 마련이다. 혹시라도 만나는 사람이 '너도 편하게 다른 사람을 만나라'라고 한다면 그건 진짜 쿨한 것이 아니라 자신에게 주는 '면죄부'다.

전문가의견 **4번**

게임에
미친

♥ ♥ ♥ ♥ ♥ ♥ ♥ ♥

게임을 너무 좋아하는 애인, 화를 내면 고치겠다고 하지만
그때뿐이다. 어떻게 하는 것이 좋을까?

1 헤어진다
2 모두가 좋아하는 것이기에 참고 만나본다
3 그냥 같이한다
4 중독이면 헤어지고, 아니면 고쳐 쓴다
5 술, 도박, 폭력, 바람은 못 고친다. 그냥 헤어진다

이 문제를 풀려면 '게임 중독'(game addict)에 대한 이해가 필요하다. 먼저 게임 중독은 명확한 기준이 없다. 다만, 너무 몰두한 나머지 일상생활의 정상적인 유지가 힘들 때 게임 중독이라는 표현을 쓴다. 업계에서는 '중독'보다 '과몰입'이란 표현을 사용한다.

애인이 게임을 너무 많이 한다면 일상생활에 미치는 영향을 봐야 한다. 만약 과몰입 상태를 보이더라도 스스로 이를 심각하게 받아들이지 않고, 학교나 회사일 또는 연애를 하는 데 아무 문제가 없다면 이는 취미로 인정할 수 있다. 보기에 따라 다소 한심해 보일 수 있지만 그래도 취미는 취미다.

반대로 본인도 게임을 줄여야 한다고 생각하지만, 자신도 모르게 '후회하는 행동'을 반복하고 있고, 그 때문에 일상생활에 나쁜 영향을 미친다면 이는 '중독'으로 봐도 된다. 연애 상대로만 생각한다면 참고 만나는 것은 자유지만, 결혼까지 생각한다면 결함이 있는 것은 맞다. 이를 이해하면 술을 너무 좋아하는 애인, 친구를 너무 좋아하는 애인에 대한 판단을 내리는 데도 도움이 된다.

첫 만남
스킨십

♥ ♥ ♥ ♥ ♥ ♥ ♥ ♥

우연한 자리에서 사람을 만났다. 그런데 상대가 첫 만남에
뽀뽀를 한다. 계속 만나도 괜찮을까?

1 고마운 사람이다. 계속 만난다

2 뭔가 찜찜한 마음으로 그냥 만난다

3 무섭다. 안 만난다

4 관심은 고맙지만 경계한다

5 땡큐다. 뽀뽀로는 부족하다

이런 경우 중요한 것은 진심일까? 아닐까?가 아니다. 중요한 건 상대가 그런 행동을 나에게만 할까?다. 남자와 여자를 구분해서 생각해보자. 당신이 여자인데 남자가 첫 만남에 뽀뽀를 한다. 과연 그 남자가 그런 짓을 당신에게만 했을까? 아니다. 습관적으로 하는 행동일 가능성이 크다. 관심은 고맙지만 일단 경계가 필요하다. 스킨십이 목적인 남자는 진도가 매우 빠르다. 따라서 목적을 이루지 못하면 관계에도 문제를 일으킨다. 이 부분을 보면서 남자의 의도를 파악해야 한다.

당신이 남자인데 웬 여자가 첫 만남에 뽀뽀를 해온다. 감사하게 생각할 수 있지만, 당신이 송중기 정도 된다면 모를까? 그녀를 경계해야 한다. 술 한잔 사달라고 하기에 와인 몇 잔 사준 것뿐인데 술값으로 200만 원이 나오는 것이 싫다면 말이다. 첫 만남에 과감한 스킨십을 하는 사람은 나에게만 그러지 않는다. 혹하는 마음에 흔들릴 수 있고, 진심이라고 믿고 싶을 수도 있다. 그래도 소중한 당신을 위해서 관심은 고맙게 받고 판단은 신중해야 한다.

전문가의견 **4번**

술 먹이는
사람

♥ ♥ ♥ ♥ ♥ ♥ ♥ ♥

소개팅 중인 당신. 상대가 어색한 것이 싫다며 자꾸 술을 권
한다. 이미 충분히 취한 것 같은데 내일 주말인데 뭐가 어떻
냐며 자꾸 술을 권한다. 어떻게 하는 것이 좋을까?

1   감사히 주는 대로 마신다
2   땡큐다. 같이 마시는 조건이면 마신다
3   내 주량만큼 마시고 정중히 사양한다
4   화끈하게 한번 마셔준다
5   술값을 상대가 내는 조건으로 마신다

어떤 사람들은 2번이나 5번을 선택할 수도 있지만, 답은 3번
이다. 언젠가 한 여성이 상담을 했다. 소개팅을 나갔는데 남성이 자꾸
술을 마시자고 했다며 이걸 어떻게 받아들여야 할지 모르겠다고 했다.
그때 이런 말을 했다. 남자들의 문화에서 '술 한잔하자'는 나쁜 표현이
아니다. 여자들이 커피를 마시며 대화하듯 남자들은 술을 마시며 대화
를 한다. 단, 술을 마시자는 표현 자체는 나쁜 것이 아니지만, 술을 먹이
려는 태도는 오해의 소지가 있다. 만약 충분히 취한 상황임에도 강권하
는 정도라면 오해가 아닌 의도가 나쁘다고 볼 수 있다.

전문가 의견 **3번**

Love skill
assessment

9

말 많은
사람

♥ ♥ ♥ ♥ ♥ ♥ ♥ ♥

결혼까지 생각하는 애인이 있다. 처음에는 즐겁고 좋았는
데, 요즘 보니 말이 좀 많은 것 같다. 솔직히 가끔은 좀 피곤
하기도 하다. 조금만 줄였으면 좋을 것 같은데 어떻게 해야
할까?

1 장기적으로 괜찮은 사람이다
2 잘 설득해서 조용하게 만든다
3 계속 뭔가를 먹인다

4 애인으로는 몰라도 결혼상대로는 별로다

5 그냥 헤어진다

♥ ♥ ♥ ♥ ♥ ♥ ♥

신경학자 루안 브리젠딘의 저서 『The Female Brain』에 따르면 여자가 말을 많이 하는 이유는 이산화탄소를 포함한 스트레스를 배출시킴과 동시에 산소를 흡입하여 알칼리성 체질을 만들기 위함이다. 여자가 말을 못하게 하면 이런 일들이 생긴다고 한다.

1. 이산화탄소를 배출하지 못하여 폐부 속에 이산화탄소가 많아져 피가 탁해지고 혈관이 막히며, 풍류와 신경이 통하지 않게 된다.
2. 얼굴이 맑지 못하고 눈동자가 흐려지며 주근깨가 생기게 된다.
3. 감정 표현이 서툴고, 임기응변이 부족하게 된다.
4. 목소리가 탁음이 되어 성적인 매력을 잃게 된다.
5. 각종 우울증, 조울증, 신경질을 부리게 된다.
6. 질병이 생기게 된다.
7. 매력 없는 여성이 되어 부부간 갈등의식과 가정불화 현상이 일어나기 쉽다.

따라서 남자들은 내 여자가 말을 많이 해서 걱정할 것이 아니라 말을 많이 하지 않을 때 걱정해야 할 것이다.

여성의 입장에서 보면 과묵한 남자가 더 멋져 보일지 모르지만, 연애를 오래 하거나 결혼을 하고 나면 알게 된다. 과묵한 남자와 함께 사는 것이 생각보다 낭만적이지 않다는 것을 말이다. 너무 과묵한 남자보다는 조금 오버도 하고, 자기 생각을 잘 이야기하는 남자가 더 좋은 사람이다. 말이 너무 없는 남자보다는 조금 수다스러운 남자가 함께 살기 좋다.

전문가 의견 1번

결혼은 싫다는
애인

♥ ♥ ♥ ♥ ♥ ♥ ♥ ♥

3년 사귄 애인이 있다. 어느 날 결혼 이야기를 하자 "너와 결
혼은 안 할 거야"라고 한다. 어떻게 할까?

1 잘 설득해서 결혼하자고 한다

2 그냥 헤어진다

3 연인의 부모님을 만나 부탁한다

4 결혼은 하지 말고 그냥 같이 살자고 한다

5 5년까지만 기다려본다

"아직 결혼할 준비가 안 됐어"라면 받아들일 수도 있다. 그러나 "너와 결혼은 안 할 거야"는 아니다. 설사 시간이나 감정을 낭비하지 말라고 냉정하게 말했을지 몰라도 이건 배려가 아닌 무시다.

"누가 추리소설을 뒤에서부터 읽는가?" 연애 관련 명언이다. 남녀의 만남이 어떻게 될지는 아무도 모른다. 그저 평생을 함께하겠다는 마음으로 하루하루 최선을 다해 만나면 된다. 그러나 어떻게 하다 보니 누가 범인인지 알게 됐다면 그냥 책을 덮어도 된다. 이미 결과를 다 알면서 그것을 확인하기 위해 귀한 시간을 낭비할 필요가 없다. 상대도 이별한 뒤에 당신의 소중함을 새삼 느낄 수 있다. 만약 상대가 아쉬워하지 않더라도 괜찮다. 더 귀한 당신의 시간을 낭비하는 걸 막았다고 생각하면 된다.

전문가의견 *2번*

커플들끼리는
서로 닮아간다.

해설 ————•

커플이 되어 함께 있는 시간이 증가하면 서로 닮아간다. 이탈리아 마라지
티 교수에 따르면 연애 초기에 남성은 남성 호르몬인 '테스토스테론'이 감
소하고, 여성은 이것이 증가한다. 이것은 남녀가 서로 닮아가려는 것으로
서로에게 동질감을 심어주기 위한 일종의 본능이라고 한다. 또한, 기쁨과
슬픔 등의 감정을 공유하는 시간이 길어지면 그로 인해 '인상'이 비슷해진
다는 설도 있다.

정답
O

"나는 사랑하는 사람의 손을
너무 꽉 잡는다.
그래서 상대가 아파하는 것조차
깨닫지 못한다."

– 야마모토 후미오의 『연애중독』 中 –

Love skill
assessment
Class 8
연애의 과학

연애능력평가 문제지
- 제한시간 5분 -

연애의 과학 영역

1. 키스할 때 눈을 감는 이유는 무엇일까?

☐ 얼굴 보고 할 엄두가 안 나서

☐ 드라마에서 주인공들이 그렇게 해서

☐ 감 떨어질까 봐

☐ 눈만 감으면 안 되고, 한쪽 발도 들어줘야 한다

☐ 사실 눈뜨고 하는 게 더 좋다

2. 파트너가 바람을 피웠을 때 남자와 여자 중 누가 더 이를 잘 감지할까?

☐ 여자의 직감이 더 뛰어나다

☐ 남자의 육감이 더 뛰어나다

☐ 남자가 더 바람을 더 많이 피운다

☐ 나는 절대 안 걸리게 바람피울 자신이 있다

☐ 라면 하나도 냄새 안 나게 못 끓이는 게 사람이다

3. 술집 음악 소리가 크면 술을 더 많이 마시게 된다는데 사실일까?

☐ 상대가 마음에 들 때 많이 마신다

☐ 오히려 조용할 때 더 마신다

☐ 아무래도 음악이 크면 더 많이 마신다

☐ 술과 음악은 관계가 없다

☐ 함께 있는 사람이 못생기면 열 받아서 많이 마시게 된다

4. 연애를 할 때 남자와 여자 중 누가 더 '미래'를 불안해할까?

☐ 남자

☐ 여자

☐ 남자 부모님

☐ 여자 부모님

☐ 못생긴 사람

5. 다음 중 자신과 잘 맞지 않는 사람과 있을 때 나타나는 신체적 현상은 무엇일까?

☐ 웃는 횟수가 많아진다

☐ 시선을 피하게 된다

☐ 체온이 올라간다

☐ 엄마가 보고 싶어진다

☐ 욕 나온다

6. 사랑하는 사람과 이별한 명길 씨. 과연 이 실연을 극복하려면 어느 정도의 시간이 걸릴까?

☐ 4개월 미만
☐ 10개월 미만
☐ 10개월 이상 3년 미만
☐ 평생 못 잊는다
☐ 다른 사람이 생길 때까지

7. 적당히 싸우는 부부가 안 싸우는 부부보다 더 행복하게 오래 산다는 말이 있다. 과연 사실일까?

☐ 안 싸우는 게 좋다
☐ 주먹만 쓰지 않고 싸우면 된다
☐ 둘 중 한 명이 참는 것이 좋다
☐ 적당히 다투는 것이 좋다
☐ 싸우더라도 10만 원 이상 되는 물건은 파손하면 안 된다

8. "사랑을 하려거든 투우장에서 하라."라는 스페인 속담이 있다. 이 속담의 뜻은 무엇일까?

☐ 사람 많은 곳에서 인연을 만나야 한다
☐ 투우를 사랑하는 사람들이 화끈한 사람들이 많다
☐ 투우장에 멋진 사람들이 많다
☐ 흥분되는 장소가 연애에 유리하다
☐ 소를 사랑하듯 사랑해야 한다

9. 혼자 축구를 볼 때는 조용히 보던 남자도, 여러 명이 모여서 보면 광분을 하고는 한다. 왜 그러는 것일까?

☐ 진정한 스포츠팬이라서
☐ 축구 볼 때는 그런다. 야구 볼 때는 안 그런다
☐ 남자다움을 과시하기 위해서
☐ 돈 내기를 해서
☐ 야구동영상(?)을 봐서 그런다

10. 얼마 전 애인과 헤어진 오징어 씨. 주변에서는 잘 헤어졌다고 하지만 마음이 아프다. 다시는 연애 같은 것을 하지 않기로 했다. 이 결심을 지킬 수 있을까?

☐ 지킬 필요 없다
☐ 스스로와의 약속이다. 반드시 지켜야 한다
☐ 어차피 못할 것 지켜질 것이다
☐ 연애는 인생의 낭비다
☐ 연애는 1편보다 2편이 더 재미있다

- 고생하셨습니다. -

키스할 때
눈 감는 이유

♥ ♥ ♥ ♥ ♥ ♥ ♥ ♥

키스할 때 눈을 감는 이유는 무엇일까?

1 얼굴 보고 할 엄두가 안 나서

2 드라마에서 주인공들이 그렇게 해서

3 감 떨어질까 봐

4 눈만 감으면 안 되고, 한쪽 발도 들어줘야 한다

5 사실 눈뜨고 하는 게 더 좋다

드라마 〈태양의 후예〉 '송송 커플'의 키스신이 나왔다. 만약 그때 송중기가 눈을 부릅뜨고 키스를 했다면 로맨틱했을까? 많은 사람이 키스할 때 눈을 감고 하지만 그 이유를 정확히 알고 하는 사람은 별로 없다. 왜 사람들은 눈을 감고 키스를 할까?

1번도 아니고, 2번도 아니다. 첫 키스를 할 때 종소리가 들린다거나, 한쪽 발을 뒤로 들고 하는 건 일종의 '키스 판타지'일 뿐이다. 눈을 뜨고 하길 원하는 건 일부 남자들뿐이다. 내가 만족하기보다 만족해하는 상대를 보며 만족하기 위함이다.

영국 로얄 할로웨이 런던대 심리학 연구팀이 '실험심리학저널'(Journal of Experimental Psychology) 따르면 우리의 뇌는 두 가지 일을 동시에 처리하지 못한다. 키스할 때 '구강운동'(?)을 하는 순간, 시각적인 부분에 집중하면 촉각에 대한 집중력이 떨어지게 된다는 뜻이다.

연구를 이끈 달톤 박사는 "눈에 보이는 것에 집중하게 되면 그만큼 다른 감각에 대한 집중력이 떨어진다."며, "무언가에 집중하고 싶다면 눈을 감는 것이 도움이 된다."고 했다.

전문가 의견 3번

Love skill
assessment

2

여자의 직감 vs
남자의 육감

♥ ♥ ♥ ♥ ♥ ♥ ♥ ♥

파트너가 바람을 피웠을 때 남자와 여자 중 누가 더 이를 잘
감지할까?

1 여자의 직감이 더 뛰어나다

2 남자의 육감이 더 뛰어나다

3 남자가 바람을 더 많이 피운다

4 나는 절대 안 걸리게 바람피울 자신이 있다

5 라면 하나도 냄새 안 나게 못 끓이는 게 사람이다

바람은 정서적인 바람과 육체적인 바람으로 구분할 수 있다. 일반적으로 남자는 육체와 정신 이 두 가지 조건을 모두 갖춰야만 바람이라고 생각한다. 유흥업소 가는 남자들이 이를 바람이라고 생각하지 않는 것과 같은 맥락이다. 반면, 여성들은 둘 중 하나만 엮여도 바람이라고 본다. 여성들의 시각에서 보면 유흥업소 출입은 바람이다.

진화론적 시각에서 보면 남성은 여성의 육체적인 바람에 더 민감하다. 유전자 검사가 없던 시절, 남자들이 두려워했던 것은 남의 아이를 자기 아이라 믿고 키우는 것이었다. 아이의 진짜 아빠가 누구인지 엄마만 알던 그때, '부계확신'이 없던 남자들은 여성의 '정조'를 지키기(?) 위해 노력했다. 법적으로는 여성에게만 엄격했던 간통죄 같은 제도를 만들었고, 열녀비를 세웠을 정도로 여성의 정조에만 엄격한 사회 분위기를 조성했다. 심지어 정조대 같은 물건도 만들었다. 모두 부계확신 없는 남자들이 목적을 가지고 만들어낸 것들이다.

반면, 여성들은 '모계확신'이 있다. 그렇다 보니 파트너의 육체적인 바람보다는 정서적인 바람에 더 민감하게 반응하게 됐다. 정서적 바람을 피운 남자의 경우 자기 자식과 아내에게 줘야 할 관심과 물질적 지원을 바람을 피운 상대에게 주는 경우가 더 많았기 때문이다.

바람을 더 많이 피우는 쪽은 여자일까, 남자일까? 미국 버지니아커먼웰스대 폴 앤드류 박사팀이 남녀 203쌍을 대상으로 조사를 했다. 그 결과, 남자의 29%, 여자의 18.5%가 바람을 피운 적이 있다고 답했다.

그렇다면 바람을 감지하는 능력은 누가 더 뛰어났을까? 여성의 경우 약 80%의 정도의 정확도를 보였다. 남성은 무려 94%의 정확도를 나타냈다. 또한, 누구와 바람을 피웠는지 파악하는 능력에서도 남성이 여성을 앞섰다. 여성은 약 41%만이 파트너가 누구와 바람을 피웠는지를 알아낸 반면, 남성의 75%는 파트너가 누구와 바람을 피웠는지 정확하게 파악했다. 이 연구에 따르면 파트너의 바람을 의심하는 비율 또한 여성보다 남성이 더 높았다고 한다.

라면 하나도 냄새 안 나게 못 끓이는 것이 사람이다. 나는 절대 안 걸릴 수 있다고 믿는다면 절대 착각이라고 말해주고 싶다.

전문가 의견 2번

음악 소리와
음주량

♥ ♥ ♥ ♥ ♥ ♥ ♥ ♥

술집 음악 소리가 크면 술을 더 많이 마시게 된다는데 사실
일까?

1 상대가 마음에 들 때 많이 마신다

2 오히려 조용할 때 더 마신다

3 아무래도 음악이 크면 더 많이 마신다

4 술과 음악은 관계가 없다

5 함께 있는 사람이 못생기면 열 받아서 많이 마시게 된다

프랑스 브르타뉴-쉬드대 행동과학 니콜라스 게강 교수는 술집에서 음악 소리를 72dB에서 시끄러운 수준인 88dB까지 바꿔가며 음악 소리가 음주량에 미치는 영향을 조사했다. 그 결과, 음악 소리가 커질수록 사람들의 각성 수준이 올라갔으며, 큰 소리의 음악은 의사소통을 어렵게 만들어 사람 사이의 상호작용 기회를 줄여 술을 더 마시게 되는 것으로 분석됐다.

큰 소리가 사람의 음주 조절능력을 떨어뜨리고, 음악 소리가 빠르고 클수록 사람들이 술을 더 빨리 마시게 되는 것이다. 술집 주인들이 음악을 크게 트는 이유가 있는 것이며, 남자들이 여자들을 이런 술집으로 이끄는 이유가 있다.

전문가 의견 3번

연애
불안감

♥ ♥ ♥ ♥ ♥ ♥ ♥ ♥

연애를 할 때 남자와 여자 중 누가 더 '미래'를 불안해할까?

1 남자

2 여자

3 남자 부모님

4 여자 부모님

5 못생긴 사람

여러 심리학 연구 결과를 보면 남성보다 여성이 더 많은 불안감을 느낀다. 그것도 무려 2배 가까이 불안감을 느낀다. 그리고 나이 많은 사람보다 젊은 사람일수록 더 불안감을 느낀다. 18세~34세에서는 77%의 사람들이 불안감을 느낀다고 했지만 54세 이상에서는 65%만이 불안하다고 했다.

　왜 여자가 남자보다 더 불안해할까? 진화심리학적으로 보면 파트너를 선택할 때 남성보다 여성이 더 까다롭기 때문이다. 이는 출산과 양육의 관점에서 봤을 때 남자보다 여자에게 더 많은 책임과 의무가 부여되기 때문이다. 표현을 하자면, 결혼 후 부모가 되었을 때 남자의 어깨가 무거워진다면 여자는 인생의 방향이 바뀌어 버린다고 보면 된다.

　물론 여자도 가장이 될 수 있다. 다만, 여전히 사회에서는 같은 일을 해도 남자가 여자보다 임금이 높고, 고용환경도 안정적이다. OECD 기준으로 대한민국의 남녀 임금 격차는 무려 37.4%에 이른다. 이런 상황에서 육아 문제로 둘 중 한 명이 회사생활을 그만두어야 한다면 '효율성'(?)을 내세워 여자를 그만두게 하는 경우가 대부분이다. 이후 모든 것을 남편에게 의지하며 살아야 하는 여성의 삶을 보면 파트너를 선택할 때 신중해야 하는 것은 당연하다.
　불안감을 다르게 표현하면 신중함이 될 수 있다.

전문가의견 2번

Love skill
assessment

5

불편한
사람

♥ ♥ ♥ ♥ ♥ ♥ ♥ ♥

다음 중 자신과 잘 맞지 않는 사람과 있을 때 나타나는 신체
적 현상은 무엇일까?

1 웃는 횟수가 많아진다

2 시선을 피하게 된다

3 체온이 올라간다

4 엄마가 보고 싶어진다

5 욕 나온다

미국 일리노이 대학 심리학 연구팀이 실험을 했다. 사람들이 대화하는 모습을 촬영한 다음 서로 시선을 맞추거나, 인상 쓰고 웃는 횟수 등을 점수로 나타냈다. 그 결과 '자신이 평가하는 상대방과의 친밀도'와 '본인이 행동하는 것을 표현한 친밀도'가 꼭 일치하는 것은 아니라는 것을 밝혀냈다. 자주 웃는다고 상대가 마음에 든다는 것도 아니고, 시선을 피한다고 상대가 싫은 것도 아니라는 것이다. 그러나 마음과 다른 행동은 할 수 있었지만, 신체의 변화 자체를 숨길 수는 없었다.

자신과 잘 맞지 않는 사람과 있을 때는 체온이 오르고 땀이 나는 경우가 많았다. 누군가와 함께할 때 이런 증상이 나타난다면 그와 잘 맞지 않을 가능성이 크다는 것이다.

전문가 의견 3번

Love skill
assessment

6

실연극복
기간

♥ ♥ ♥ ♥ ♥ ♥ ♥ ♥

사랑하는 사람과 이별한 명길 씨. 과연 이 실연을 극복하려
면 어느 정도의 시간이 걸릴까?

1 4개월 미만

2 10개월 미만

3 10개월 이상 3년 미만

4 평생 못 잊는다

5 다른 사람이 생길 때까지

"사랑이 다른 사랑으로 잊혀지네" 〈무한도전〉에서 가수 하림이 불러 유명해진 노래다. 그러나 현실에서는 꼭 다른 사랑이 없어도 실연을 극복할 수 있다. 그리고 그때 걸리는 시간은 우리의 예상보다 훨씬 짧은 '4개월 미만'이었다.

1985년 일본에서 실연을 극복하는 데 걸린 시간에 대해 연구를 했다. 그것도 무려 20년 동안이나 했다. 연구 결과를 보면 실연을 극복하는 데 걸리는 남성의 38.4%, 여성의 32.5%는 1~4개월이 걸린다고 답했다. 그다음으로 남성 26%, 여성 44.2%가 10개월에서 3년 정도가 걸린다고 했다.

이 연구를 2005년도에 다시 했다. 어떤 결과가 나왔을까? 남성 72.1%, 여성 55.8%가 '1~4개월'이면 실연을 극복할 수 있다고 대답했다. 사람들은 그들이 믿는 것보다 실연을 극복하는 데 오랜 시간이 걸리지 않았다.

이별을 생물학적 진화이론으로 설명한 재미있는 연구도 있다. 빙엄턴 뉴욕 주립대학교의 크레이그 모리슨 교수 연구팀이 세계 96개국 5,705명을 대상으로 설문조사를 했다. 그 결과 이별 후 여성은 불면증이나, 먹는 것으로 스트레스를 풀어 살이 찌는 등 남성보다 더한 고통을 느꼈지만, 주위 친구들과 가족들의 위로 등으로 이런 아픈 감정을 상대적으로 빨리 극복했다고 한다. 다른 이성을 만나는 속도도 남성보다 빨랐다.

　반면, 남성들은 이별의 후유증을 더 오래 앓았다. 헤어진 연인의 빈자리를 채우기 위해서는 또다시 경쟁에 나서야 하기 때문에 상대적으로 이별의 부담감을 더 많이 느낀다는 것이다. 연애상담을 하면 남성들이 여성들보다 과거 연인에게 관심(?)을 두는 경향을 보인다. 특히나 스마트폰, SNS 등이 발달하면서 과거 연인에 대한 집착을 보이는 경우도 늘고 있다. 눈에서 멀어져야 마음에서도 점차 멀어지는데, 지난 연인에 대한 정보를 쉽게 접할 수 있다 보니 이미 끝난 사이임에도 끝나지 않은 것 같은 착각에 빠지기도 한다. 마지막으로 연구에 따르면 이별을 한 후 마음이 아플 때, '진통제'가 효과가 있었다고 하니 참고하길 바란다.

전문가 의견 1번

Love skill
assessment

7

행복한 부부의
비밀

♥ ♥ ♥ ♥ ♥ ♥ ♥ ♥

적당히 싸우는 부부가 안 싸우는 부부보다 더 행복하게 오래 산다는 말이 있다. 과연 사실일까?

1 안 싸우는 게 좋다

2 주먹만 쓰지 않고 싸우면 된다

3 둘 중 한 명이 참는 것이 좋다

4 적당히 다투는 것이 좋다

5 싸우더라도 10만 원 이상 되는 물건은 파손하면 안 된다

안 싸우고 살면 행복할 것 같지만, 연구 결과를 보면 화를 참으며 사는 부부보다 적당히 싸우며 사는 부부들이 더 오래 살 확률이 높았다. 미국 미시간 대학의 연구팀이 17년 동안 192쌍을 조사했다. 화가 나는 순간 두 사람 모두 화를 참는 부부 중 27%는 두 사람 중 한 명이 조기 사망했으며, 23%는 두 사람 모두 조기 사망했다. 반면 부부 모두 화를 내거나, 한 사람이 화를 내는 경우는 19%만이 조기 사망했으며, 두 사람 모두 조기 사망한 경우는 단 6%에 불과했다.

화가 나면 적당히 표현하며 싸우고 해결하는 부부가 더 오래 산다는 결과가 나온 것이다. 어떤 커플들은 안 싸우는 것을 자랑스럽게 생각하고는 한다. 그러나 수십 년 동안 다르게 살아온 남녀가 완벽하게 맞을 수는 없다. 서로 다른 부분들은 적당한 다툼을 통해 서로 맞춰나가는 지혜가 필요하다. 가릴 것은 가려가면서 적당히 다투는 커플들이 행복하게 오래 산다.

전문가 의견 4번

흥분상태와
매력

♥ ♥ ♥ ♥ ♥ ♥ ♥ ♥

"사랑을 하려거든 투우장에서 하라."라는 스페인 속담이 있다. 이 속담의 뜻은 무엇일까?

1 사람 많은 곳에서 인연을 만나야 한다
2 투우를 사랑하는 사람들이 화끈한 사람들이 많다
3 투우장에 멋진 사람들이 많다
4 흥분되는 장소가 연애에 유리하다
5 소를 사랑하듯 사랑해야 한다

심리학자 더튼(D.G Dutton)은 생리적 흥분상태에 있는 사람이 이성에게 더 쉽게 매력을 느낀다는 것을 실험을 통해 증명했다. 사회심리학자 스탠리 샤흐터(Stanley Shachter)는 '정동 2요인 이론'을 내놓았다. 사람은 흥분의 이유가 슬픔이나 기쁨에 상관없이 생리적인 반응이 같다는 것이다. 우리 몸은 내가 마음에 드는 상대와 함께 있어서 흥분되는 것인지, 아니면 몸이 흥분해서 상대가 매력적으로 느껴지는 것인지 정확히 구분하지 못한다는 것이다.

마음에 드는 사람이 생겼다면 그를 신체적인 흥분 상태로 만들어 내는 것이 좋다. 운동 같은 신체활동을 함께하는 것이 가장 좋고, 어렵다면 스포츠 경기를 함께 관람하는 것도 효과적이다. 상대의 심장을 빠르게 뛰게 하면 할수록 당신에 대한 호감도 역시 빠르게 증가할 것이다.

전문가 의견 4번

축구 보며 광분하는
남자들

♥ ♥ ♥ ♥ ♥ ♥ ♥ ♥

혼자 축구를 볼 때는 조용히 보던 남자도, 여러 명이 모여서
보면 광분을 하고는 한다. 왜 그러는 것일까?

1 진정한 스포츠팬이라서

2 축구 볼 때는 그런다. 야구 볼 때는 안 그런다

3 남자다움을 과시하기 위해서

4 돈 내기를 해서

5 야구동영상(?)을 봐서 그런다

"여자랑 같이 있는 남자는 건들지 마라"는 말이 있
다. 혼자 걸어갈 때는 어깨를 부딪쳐도 그냥 넘어가는 남자가 여자랑 같
이 있을 때는 참지를 못한다. 왜 남자는 여자랑 같이 있을 때 폭력적으
로 변할까? 플로리다 주립대 사회심리학과에서 이와 관련된 조사를 했
다. 이에 따르면 남자는 이성이 있을 때 남자다움을 과시하기 위해 허
세를 부린다. 남자끼리 포커를 할 때는 안 좋은 패가 들어오면 그냥 죽
었지만, 여자가 있을 때는 배팅을 하는 등 허세를 부리게 된다는 것이다.

스포츠 경기를 볼 때도 마찬가지다. 집에서 혼자 TV로 볼 때는 욕을
하거나 소리를 지르는 경우 없이 조용히 본다고 한다. 그러나 여자가
있을 때는 자신의 남자다움이나 배짱을 과시하기 위해 더 과감해진다
고 한다.

여자와 있을 때는 이해한다고 치자. 그런데 남자들끼리만 있을 때도
광분을 하는 경우가 있다. 이것은 왜 그럴까? 연구팀에 따르면 이는 수
컷들끼리의 원초적 경쟁 때문이다. 다른 수컷들보다 더 과감하고 배짱
있는 모습을 보여 자신이 진정한 수컷임을 과시하기 위해서다. 그래서
그는(?) 요리할 때 후추를 그렇게 뿌렸나 보다.

전문가 의견 3번

정답
고치기

♥ ♥ ♥ ♥ ♥ ♥ ♥ ♥

얼마 전 애인과 헤어진 오징어 씨. 주변에서는 잘 헤어졌다
고 하지만 마음이 아프다. 다시는 연애 같은 것을 하지 않기
로 했다. 이 결심을 지킬 수 있을까?

1 지킬 필요 없다
2 스스로와의 약속이다. 반드시 지켜야 한다
3 어차피 못할 것 지켜질 것이다
4 연애는 인생의 낭비다
5 연애는 1편보다 2편이 더 재미있다

시험을 보다가 답을 고치고 싶다. 어떻게 하는 것이 좋을까? 연구에 따르면 약 70% 정도가 답을 고치면 틀릴 것이라고 믿었다. 그러나 실제 심리학 연구 결과를 보면 이럴 때는 답을 고치는 것이 더 유리하다. 미국 일리노이 대학의 저스틴 크루거(Justin Kruger) 교수의 공동 연구에 따르면 오답에서 정답으로 바꾼 경우는 전체의 50% 정도며, 정답에서 오답으로 바꾼 경우는 약 23%에 그쳤다고 한다. 그런데도 틀린 문제를 더 많이 기억하는 이유는 고쳐서 맞았을 때는 그냥 잊어버리지만, 틀렸을 때는 아쉬움과 후회로 인해 더 오래 기억하게 되기 때문이다.

연애도 마찬가지다. 가끔 이별에 대한 아픈 기억이 있다고 다시는 사랑하지 않겠다는 사람들을 만나게 된다. 그러나 우린 알고 있다. 영화는 1편보다 재미있는 2편이 별로 없지만, 연애는 언제나 1편보다 2편이 더 재미있다는 것을 말이다. 다시는 연애하지 않겠다는 자신과의 약속, 반드시 지킬 필요가 없다. 그리고 살다 보면 그때 헤어진 것을 다행으로 생각하게 되는 날이 올 것이다.

전문가 의견 1, 5번

사랑의 유통기한은
30개월이다.

해설 ────────●

사랑에 빠지면 눈이 먼다는 말은 사실이다. 사랑에 빠지면 뇌신경 조직 중 상대를 비판하는 기능을 가진 부분이 억제되기 때문이다. 결점을 볼 수 없게 되니 눈이 멀어지게 된다는 표현이 틀린 말은 아니다. 그러나 이런 사랑에도 유통기한이 있다. 미국 럿지스대 헬렌 피셔 교수에 따르면 남녀 간의 사랑은 '갈망' '끌림' '애착' 3단계를 통해 완성된다. 각 단계마다 뇌가 활성화되어 도파민, 페닐아틸아민, 옥시토신, 엔도르핀 등의 호르몬이 생성되며, 시간이 흘러감에 따라 그 분비량이 감소한다고 한다. 그 속에서 사랑이 식는다는 표현이 나오는 것이다.

안타깝게도 약 18개월~30개월 정도가 지나면 대뇌에 항체가 생겨 이런 호르몬들의 분비가 급격히 감소한다. 다행인 것은 사람마다 사랑의 기준과 동기, 기대감 등이 다르기에 10년 넘게 지속하는 사람들도 있었다고 한다.

정답
O

사랑은 잠자리를 편하게 가질 수 있는
사이가 된 후에도 함께 있고 싶다.

성욕은 일정 수준의 욕구가 충족되면
성욕이 떨어진다.
사람들은 이를 '애정이 식었다'고 하지만
사실은 '성욕'이 식은 것이다.

- 사랑과 성욕 구별법 -

Love skill
assessment
Class 9

자율학습
_연애상담

**Love skill
assessment
1**

골키퍼 있는
여자

애인 있는 여자를 좋아합니다. 그런데 그녀는 저에게 남자친구와 헤어질 테니 시간을 달라고 합니다. 그러면서 저와 데이트도 자주 합니다. 그런데 저와 사귀는 것처럼 여행도 다니고 하지만 남자친구와 헤어질 것 같지가 않습니다. 이럴 때는 어떻게 해야 하나요?

좋게 포장하려고 해도 '세컨드'네요. 어쩌면 '서드'일지도 몰라요. 남자분이면 스타크래프트 게임 알죠? 본진이랑 멀티랑 바꾸는 사람 봤어요? 아마 앞으로도 안 헤어지면서 님과 그냥 그렇게 만나길 원할 거에요.

철저히 님의 입장에서만 고민하고 의견 드립니다. 님도 그녀를 '세컨드' 정도로 생각할 수 있다면 그냥 만나세요. 이렇게 책임지지 않고 쿨하게 만날 수 있는 여자, 어떤 남자들에게는 로망일 수도 있습니다. 단, 그녀의 남자친구에게 걸려서 생기는 일은 님의 책임입니다. 금기된 사랑은 짜릿한 만큼 책임도 따르니까요.

만약, 님이 원하는 것이 지나가는 사랑이 아닌 진짜 사랑이라면 헤어지세요. 설사 그녀가 이제 와서 지금 사귀는 남자와 헤어지고 님에게 온다고 해도 만나지 마세요. 님과 만나면서 또 다른 세컨드를 키울 가능성이 매우 크답니다.

Love skill
assessment
2

옷보다 중요한
그것

썸타는 남자와 데이트를 할 때 어떤 옷을 입고 나가야 좋아할까요?

나와 아무런 연결 고리가 없을 때는 좀 꾸미고 다니는 것이 좋아요. 그런데 썸을 타면서 데이트를 하고 있다면, 냉정하게 말해 남자가 당신에게 돈과 시간을 쓰려고 한다면 더 이상 옷은 중요한 문제가 아니에요. 썸타는 남자와 데이트를 하면서 가방이 안 예쁘거나, 옷을 못 입어서 차이는 경우는 없답니다. 남자가 바라는 건 예쁜 옷이 아니라 자신을 긍정적으로 생각해주는 당신이에요. 옷은 벗고 나가지만 않으면 본인에게 제일 잘 어울린다고 생각하는 옷이면 충분합니다. 다시 생각해보니 벗고 나가면 더 좋아할 것……. 아 아닙니다.

심순애의
딜레마

두 남자 중 한 명을 선택해야 할 때, 경제력이 뛰어난 사람을 택해야 할까요? 아니면 가난하더라도 내가 좋아하는 스타일의 남자를 택해야 할까요?

수일의 사랑이냐? 김중배의 다이아냐?를 두고 고민했던 '심순애의 딜레마'죠. 경제력은 좋은데 키스하기는 싫은 남자, 키스는 하고 싶은데 결혼은 꺼려지는 남자 사이에서 누구를 선택해야 할까 고민하죠. 자 선택해 보죠. 어떤 남자를 택해야 할까요? 먹고 사는 게 편한 대신 키스할 때마다 부담스러운 남자를 만날까? 아니면 2년 마다 전세금 때문에 고민하더라도 매일 키스하고 싶은 그런 남자를 만날까?

만약 내가 20대의 여자라면 매일 키스하고 싶은 남자를 선택할 거예요. 만약 30대라면 좀 복잡해지는데, 그때는 내 능력에 따라 달라져요. 나도 함께 열심히 살아서 감당할 자신 있다면 그래도 내가 좋아하는 사람 만날 거예요. 만약 현실적으로 어렵다면 눈 감고 키스하며 살아야죠 뭐!

그런데 꼭 두 사람 중에서만 골라야 하나요? 세상에 보기가 얼마나 많은데요?

Love skill
assessment

4

대기전력

제 컴퓨터에는 과거 여친들의 사진들이 있습니다. 그런데 어제 새로 만난 여친에게 사진들을 걸렸어요. 당장 지우라는 명령(?)을 받았는데 어떻게 해야 할까요? 전 여자친구들일지라도 저에게는 엄연한 추억인데, 그걸 꼭 지워야 하는 걸까요?

어디 앨범으로 만들어서 여자친구 모르게 저기 창고에 쌓아뒀다면 괜찮았을 거예요. 여자친구가 화가 나는 건 님의 '추억'이 아니에요. 그걸 여자친구가 쉽게 찾아낼 정도로 가까운 곳에 두고 있는 그 행동이 괘씸한 겁니다. 님은 추억이라고 주장하지만 여자친구 분은 현재로 보고 있는 것이죠. 안 쓰는 가전제품도 전원 코드가 꽂혀 있으면 '대기전력'이 흐르는데, 그것과 같은 거죠. 헤어졌지만 아주 약하게 연결되어 있는 상태라고 할까요?

보면 생각날 거고, 그러다 보면 괜히 페이스북이나 카톡 등 뒤져서 한 번 연락도 해볼 수 있는 거 아니겠어요? 거기까지 생각하니 화가 나고 열이 받는 거죠. 무시당한 느낌도 들겠고요.

입장 바꿔 생각해 보시고 매너는 지키셨으면 하네요. 싸구려 USB 하나 사서 저장한 다음 어디 타임캡슐 같은 곳에 넣어서 보관하세요.

Love skill
assessment

5

뒷바라지

하루는 남자친구에게 "우리 결혼하면 내가 뒷바라지 다 해줄 테니까 자기는 아무 걱정 말고 하고 싶은 거 전부 해"라고 했어요. 그랬더니 엄청 좋아하면서 자기 가족들, 친구들에게 막 자랑을 하더군요. 솔직히 그날 술을 좀 먹어서 기분이 좋아서 했던 말이기도 한데 남자친구가 그 말을 진심으로 생각한 걸까요? 그렇다면 진실을 말해줘야 하는 건가요?

결혼 전에 남자친구가 "내가 결혼하면 손에 물 한 방울 안 묻히게 해줄게"라고 하면 믿으시겠어요? 남자친구도 그냥 그렇게 믿고 싶은 거예요. 그냥 말이라도 잘해주세요. 정 양심에 찔리면 이렇게 말해주세요. 그 말 앞에 한 문장이 생략됐던 거라고, "너 하는 거 봐서~"

Love skill
assessment

6

미래
계획서

여자친구는 중학교 선생님입니다. 저는 그냥 IT 계통에서 일을 하고 있고요. 이제 나이도 있고 해서 결혼 관련 이야기도 가끔 하는데, 여자 친구가 저에게 앞으로의 인생계획에 대한 이야기가 듣고 싶다고 합니다. 아시겠지만 IT 쪽은 정년도 짧고, 변화도 심해서 저도 미래를 잘 모르겠어요. 이럴 때는 어떻게 해야 하나요?

인공지능(AI) 시대가 올 거예요. 누구도 미래를 예측할 수 없지요. 마크 주커버그나 빌 게이츠에게 물어봐도 모를 거예요. 여자친구가 확인하고 싶은 것은 당신의 의지와 능력을 확인하고 싶은 겁니다. 무슨 거창한 사업계획서나 인생계획서를 요구하는 것이 아니고요.

결혼하면 남자는 어깨가 무거워지고, 여자는 삶의 방향이 달라집니다. 결혼할 사람을 판단할 때 여자가 남자보다 훨씬 더 신중해야 하는 이유죠.

남자는 다 막연한 미래를 불안해합니다. 그럼에도 불구하고 당당하게 막연한 미래에 맞서는 그런 열정과 의지를 보여주세요.

Love skill
assessment
7

허세의 끝

연애한 지 얼마 안 됐어요. 그런데 여자친구는 제가 부자인 줄 알아요. 연애하기 전에 모아 놓은 돈을 그녀에게 모두 쏟아 부었거든요. 그런데 이제 탄(?)이 거의 다 떨어졌어요. 이 사실을 언제 어떻게 고백해야 할까요?

사랑하는 여자 앞에서 허세를 부리고 싶은 그 마음 이해합니다. 그런데 이것도 일종의 '사기'에요. 거짓말에는 '오류'와 '누락'이 있답니다. 오류는 '내 입으로 부자라고 말하는 것'이고, 누락은 그녀가 내가 부자라고 착각하는 것을 알면서도 거짓임을 알려주지 않은 것이죠.

상황을 보니 통장 잔고가 얼마 남지 않으신 것 같네요. 진실을 말하는 기회를 만드세요. 그녀가 님을 정말 사랑하게 됐을 때 조심스럽게 고백을 하세요. 너무 사랑해서 무슨 방법을 써서라도 너를 잡고 싶었다고 말하세요. 그런다고 꼭 통하는 것은 아니지만 이게 그나마 할 수 있는 최선입니다.

Love skill
assessment

8

남자의
패배

남자친구는 싸우고 나면 절대 먼저 '미안하다'는 말을 하지 않아요. 교통사고도 쌍방인데, 꼭 저만 잘못하는 건 아니잖아요. 자기도 잘못하면서 먼저 사과한 적이 없답니다. 왜 남자는 먼저 사과하지 않으려고 하나요?

남자에게 사과는 곧 '패배'를 의미해요. 그래서 적에게 등을 보이려고 하지 않죠. 여자들은 다툼을 통해 문제의 원인을 진단하고 재발방지를 중요하게 생각해요. 그래서 "네가 뭘 잘못했는지는 알아?"처럼 원인을 따지고 들죠. 반면 남자들은 그냥 이기고 지는 것이 중요합니다. 그래서 "내가 미안하다"고 말하는 친구에게 "그럼 네가 뭘 잘못했는지 한번 이야기해봐"라고 하지 않죠.

여자들은 '자존심'을 좀 버리더라도 서로 좋은 관계를 유지하는 것을 원하지만, 남자들은 자존심 버려가며 누군가와 불편하게 함께 있느니 차라리 혼자 있기를 원해요. 님도 그래서 남자친구에게 서운하신 거랍니다.

상대의 저항을 줄이면서 대화를 하는 커뮤니케이션 기법 중에 '아이 메시지(I message)' 기법이 있어요. 예를 들면 남자친구가 말을 함부로 해서 화가 났다면 이렇게 단계적으로 이야기를 하면 됩니다. 먼저 "나 오빠가 그런 단어를 사용해서 정말이지 깜짝 놀랐어"라고 '나의 느낌'을 알려준 다음, "난 아무리 다툼이 있더라도 그런 단어는 사용하지 않는 것이 좋다고 생각해"라고 내 생각을 말해주세요. 마지막으로 "그래서 부탁할게. 앞으로는 아무리 다투더라도 그런 안 좋은 단어들은 사용하지 않아 줄 수 있지?"라고 하면 됩니다.

신의 영역

두 사람을 동시에 똑같이 사랑할 수 있나요?

정말로 두 사람을 동시에 똑같이 사랑할 수 있다고 주장하는 사람들이 있어요. 그런데 두 사람과 잠을 잘 수 있고, 두 사람과 데이트를 할 수도 있지만, 이성으로서의 두 사람을 동시에 사랑한다는 것을 전 믿지 않습니다. 그건 뇌가 할 수 있는 영역이 아니에요.

제가 서연이를 사랑하고 있었는데, 갑자기 오늘부터 현지를 '진심으로' 사랑하게 됐어요. 그럼 서연이에 대한 사랑이 그만큼 약해졌기 때문에 현지가 눈에 들어온 겁니다. 사랑에 빠진 사람은 뇌를 스캔해 보면 정상이 아니라고 합니다. 누군가에게 속된 말로 '미쳤을 때'는 그 사람만 보입니다. 시야가 좁아져 다른 사람이 눈에 들어오지 않게 되죠.

현지를 사랑하게 됐지만, 서연이를 진심으로 사랑한다고 느낀다면 이는 '성욕'을 '사랑'으로 착각했을 수도 있어요.

마지막으로 사랑과 성욕을 구별하는 방법을 알려드릴게요. 사랑은 잠자리를 편하게 가질 수 있는 사이가 된 이후에도 함께 있고 싶어요. 나를 희생하더라도 상대가 행복하길 바라죠. 성욕은 일정 수준의 욕구가 충족되면 성욕이 확 떨어져요. 사람들은 이를 '애정이 식었다'고 하지만 냉정히 말하면 '성욕'이 식은 거예요.

Love skill
assessment

10

동거
계약서

사귄 지 얼마 안 된 남자친구가 있습니다. 각자 집에서 나와 따로 사는데, 그러다 보니 각자의 집을 왔다 갔다 하며 만나고 있습니다. 그런데 남자친구가 이렇게 이동하는 시간도 아깝다고 아예 같이 살았으면 하네요. 전 당연히 반대했고요. 그랬더니 인터넷에서 '동거계약서'를 프린트해서 가져 왔습니다. 불안하면 차라리 아예 계약서를 쓰고 같이 살자고 하네요. 보니까 서로 바람피우면 위자료를 얼마를 준다 이런 항목들이 있던데 이게 과연 효과가 있을까요? 같이 있으면 좋기는 좋은데, 불안하네요.

인터넷에 떠도는 동거계약서를 보면 계약 기간, 거주 장소, 생활비 부담은 물론 정조의무, 동거의무, 비밀누설 금지 의무 등 조약을 정하여, 이를 어길 시 위자료 등을 약정하는 규정이 있습니다. 서로가 계약서를 쓰는 것은 자유이고, 그것을 어디까지 지키는지는 역시 개인의 자유입니다. 다만, 현행법상 계약 동거는 '민법 제103조'에 따라 사회질서에 반하는 계약으로 봅니다. 즉 법적 효력은 없습니다.

남자친구 분을 믿고, 본인의 선택에 책임질 자신이 있으면 하셔도 됩니다. 다만, 동거계약서를 믿고 결정을 하지는 않으셨으면 합니다. 현명하게 판단하세요.

김떡순 vs 호텔 뷔페

 연애는 젊을 때 해야 낭만적이다. 젊었을 때는 "오빠가 노가다(막노동)을 뛰더라도 너 하나 못 먹여 살리겠냐? 오빠만 믿어"라고 하는 로맨티스트도, 서른을 넘기고 사회생활 좀 했다 싶으면 깨닫게 된다. '내가 노가다를 뛰어서는 널 못 먹여 살린다'는 것을 말이다. 그렇게 나이를 폭식(?)하여 리얼리스트, 또는 '연애 아재'가 되면 연애가 닭가슴살처럼 팍팍해진다. 언젠가 연애 아재인 친구가 스파게티 먹고 싶다는 여친에게 "스파게티 먹을 거면 그 돈으로 차라리 돼지갈비를 배터지게 먹겠다"고 말하는 걸 봤다. 아재를 넘어 꼰대가 되어가는 녀석을 보면서 나는 저렇게 되지 말아야지 다짐을 했다.

 꼰대가 되지 않고, 아내와 잘 지내기 위해 일주일에 한 번은 아내와 드라마를 본다. 각자 편한 시간에 볼 수 있지만, 부부가 드라마 하나 정도는 공유하며 살아야 한다고 생각해서 꼭 손잡고 본다. 가끔은 그냥 자고 싶기도 하지만, 드라마는 막상 보면 그야말로 꿀잼이다. 재미도 있고, 아내와 공유할 수 있는 뭔가가 생겨 대화도 더 잘 된다. 물론 그만큼 정서적으로도 더 가까워지며, 글을 쓰는 작가이다 보니 가슴에 와 닿는 주옥같은 대사는 보너스다. 요즘은 〈또 오해영〉을 보고 있는데, 좋아하는 배우인 예지원이 이런 말을 한다.

"맛있는 음식 나오기만 기다리는 사람 많아 일반 사람들이 먹는 거 말고 즐거울 일이 뭐 있어? 전용기 타고 해외여행을 갈 거야? 마음껏 쇼핑을 할 거야? 떼돈을 벌 거야 뭘 할 거야? 먹는 것보다 싸게 먹히면서 만족도 높은 거 있어? 맛있는 음식보다 더 위로가 되는 게 있어?"

요즘 사람들이 그토록 먹방과 맛집에 열광하는 것인지 막연하게 알고 있던 것을 드라마가 제대로 정리를 해줬다. "맞아 맞아" 하며 보고 있는데 주인공 오해영이 그 질문에 이렇게 대답을 한다.

"사랑이요. 먹는 것보다 사랑하는 게 훨씬 재미있고 백만 배는 행복해요. 안 먹어도 행복해요. 사랑에 빠진 사람들은 맛있는 거에 그렇게 열광하지도 않고 맛없는 것에 광분하지도 않아요. 이미 충분히 좋으니까."
뻔한 대답인데, 듣는 순간 나도 모르게 미소를 지었다. SNS를 보면 비싸고, 분위기 좋은 레스토랑을 찾아다니며 자랑하는 사람들이 많다. 그러나 길거리에서 김떡순을 먹더라도 좋아하는 사람과 함께 먹는 것이 호텔 뷔페보다 더 맛있고 행복하다. 언제 어디서 무얼 먹어도 함께 나누어서 맛있는 것이 사랑이기 때문이다. 이 책이 당신이 좋아하는 사람과 떡볶이를 함께 먹는 데 도움이 되기를 바란다.

어느덧 10번째 책이다. 이번에는 '이명길'이란 본명과 함께 '갑오징어'란 필명을 함께 썼다. 현역(?) 시절에는 재미있고, 가벼운 글도 잘 썼는데, 은퇴 후 '달라이라마'(?)처럼 살다 보니 펜이 무겁게 느껴지기 시작했다. 부모가 되니 총각 때는 안 보이던 것들이 보이는데, 그걸 자꾸 글 속에 넣고 있는 나를 발견하게 된다. 의미는 좋은데 읽기 싫은 글보다, 다소 유치하더라도 재미있게 읽기를 바라는 마음으로 필명을 쓴 것이니, '연애 아재'가 되지 않기 위한 작가의 노력으로 봐줬으면 한다.

사람들은 아프면 의사를, 법적으로 문제가 생기면 변호사를 찾아간다. 그리고 연애에 문제가 생기면 나를 만나러 온다. 그들과 연애상담을 하고 난 뒤 헤어질 때 하는 말이 있다. "잘 가시고, 앞으로 다시는 만나는 일이 없기를 바랄게요"다. 아프지 않으면 의사를 찾아갈 일이 없고, 법적으로 문제가 없으면 변호사를 만날 일도 없다. 마찬가지로 연애가 행복하면 연애코치를 찾아올 일도 없을 것이기 때문이다. 살면서 당신과도 만나는 일이 없기를 바라며, 이 책이 당신이 읽는 마지막 연애 책이 되었으면 좋겠다.

개인적으로 쿨한 사랑이란 것을 믿지 않기에 활활 타오르는 연애를 적극 권장하지만, 스쳐 지나가는 연애도 다 저마다의 의미가 있기 마련이다. 그러니 류시화 시인의 말씀처럼

"사랑하라 한 번도 상처받지 않은 것처럼"

'프리넙'(prenup)은 혼전계약서를 뜻하는 말이다. 외국 할리우드 스타들이나 재벌들이 사용하는 것인 줄 알았는데, 최근 들어 '혼전계약서'라는 단어를 자주 듣는다. 사랑만 가지고는 잘 살 수 없다고 생각하는 젊은 사람들이 늘다 보니 결혼을 기업 간 M&A하듯 하는 걸 이상하게 생각하지 않는다. 그렇다 보니 '계약서'를 쓴다고 해도 전혀 어색함이 없다.

'정'을 강조하는 우리의 문화를 생각해보면 결혼에 '계약'이란 단어가 들어가는 것에 대해 부정적인 느낌이 더 강한 것이 사실이다. 그러나 그동안 '정'을 내세우며 어느 한쪽이 늘 손해 보고 희생해왔던 과거의 결혼문화를 생각해보면 한편으로는 '혼전계약서'를 쓰는 것이 합리적이라는 생각도 든다.

그래서일까? 결혼정보회사 듀오가 20~30대 미혼남녀 782명을 대상으로 '혼전서약서'에 대한 설문조사를 한 적이 있다. 조사 결과를 보면 여성의 63.2%, 남성의 45.1%가 혼전서약서가 필요하다고 답했다.

서약이 필요한 이유로는 '결혼 후 서로의 인격 존중을 위해서'란 답이 가장 많았으며, 꼭 들어가야 할 항목으로는 '결혼 후 행동 수칙'을 1위로 꼽았다. 이어서 '결혼 후 가사분담' '결혼 후 재산관리' 등의 항목이 있었다.

'정과 사랑'을 믿고 그냥 하고 싶다면 하면 된다. 나도 그렇게 했다. 그러나 어쩌면 50년 넘게 함께 살아야 할 사람이다. 혹시라도 '만약'에 대비하고 싶다면 혼전서약서를 쓰는 것도 이상할 것이 없다. 그리고 이왕 쓸 것이라면 현명하게 잘 쓰기를 바라는 마음으로 '혼전서약서' 샘플을 준비했다.

아래 혼전서약서는 결혼 8년 차 유부남인 연애코치 갑오징어가 작성했다. 결혼하면 연애할 때는 미처 생각지도 못했던 부분에서 다툼이 생긴다. 여러 디테일한 상황을 넣었으니 각 커플의 상황에 맞춰 내용을 삭제 또는 추가하여 사용하길 바란다. 사용하지 않아도 좋다. 어쩌면 50년 넘게 함께 살아야 할지도 모르는 사이다. 결혼 전 함께 읽어 보면서 이런 문제들에 대해 한번 이야기를 해보고 각자의 솔직한 의견을 들어보는 시간을 갖는 것만으로도 의미가 있다고 생각한다.

이 혼전서약서는 법률 멘토인 김한규 변호사에게 자문을 받았다. 혼전서약서에 대한 자문을 해주며 그는 이런 말을 했다. "혼전계약서는 주로 윤리적 지침에 해당하기 때문에 개인의 인격권 등을 고려할 때 법적인 효력을 부여하기는 어렵다. 다만, 위자료 산정 등에 있어 법관이 개별적으로 검토할 수 있는 요소로는 기능할 수 있다." 그래서 '계약서' 대신 '서약서'라는 단어를 사용한 것이니 참고하길 바란다.

혼 전 계 약 서

부 (夫) ○○○   (-   )
주 소:
연락처:

처 (妻) △△△   (-   )
주 소:
연락처:

○○○(이하'부'라 한다)와 △△△(이하'처'라 한다)는 혼인을 함에 앞서 자율적인 합의 아래 본 혼전 서약을 작성하며 이를 준수한다.

제1장 총칙
제1조(원칙) 가정생활은 신의에 좇아 성실히 하여야 한다.

제2장 재정관리
제2조(수입 · 지출의 관리)
① 부 및 처는 재산 · 수입 · 지출 등을 공동으로 관리하며, 투명하게 공개하는 것을 원칙으로 한다.
② 재산 · 수입 · 지출 관리는 '부(또는 처)'를 '정(正)'으로 하며, '처(또는 부)'를 '부(副)'로 한다. 또한, 일방은 상대방에게 그 수입 · 지출에 대한 상세 내역을 요구할 수 있다.
③ 부 및 처는 서로의 월 소득(보너스, 배당, 기타수당, 퇴직금, 연금 등 포함)을 상호 공개하며, 일방이 불이행 시 그에게 소득의 공개를 요구할 수 있다.

제3조(고정적인 지출사항)
① 부 및 처는 수입의 ○○% 이상을 저축한다.
② 용돈은 월 ○○만원(교통비, 식대 포함 또는 불포함)으로 하며, 초과 지출 시에는 사전에 상대에게 동의를 구한다.
③ 부 및 처가 합의한 용돈 범위 안에서의 지출에 대해서는 상호 관여치 아니한다.

제4조(유동적인 지출사항)
① 혼인 후 각자의 부모님께 드리는 용돈 및 선물 등은 차별 없이 동일한 금액으로 한다. 단, 환갑, 회갑, 기념일 또는 간병 등의 상황이 발생할 경우 쌍방의 합의 하에 재정지원을 한다.
② 각종 경조사비는 생활비로 충당하되, 상대방에게 그 경조사에 대한 상세한 정보(관계 · 과거 본인 경조사 참석 여부 등)를 알려야 한다.
③ 경조사 비용은 매월 ○○만 원 이내를 원칙으로 하며, 이를 초과한 경우 각자의 용돈으로 충당한다.

제5조(혼인 후 양가로부터의 금전지원)
① 혼인 시 양가로부터의 금전적인 지원을 당연하게 생각하지 않는다.
② 부 및 처는 혼인 후 양가 가족으로부터의 금전적인 지원을 당연하게 생각하지 않는다. 지원을 받을 시에는 상호 합의 하에 금액 및 시기 등을 조율한다.

제6조(채권 · 채무의 부담)
① 부 또는 처는 상대방의 동의 없이는 다음과 같은 행위를 할 수 없다.
  1. 용돈의 범위를 넘는 금원의 대여
  2. 채무의 부담
  3. 보증채무의 부담
② 제1항 위반은 혼인생활에 치명적인 문제로 간주한다.

제7조(기타) 기타 재정문제에 관한 사항은 상호 합의에 따라 결정한다.

제3장 가사분담
제8조(가사분담의 원칙) 부 및 처는 가사분담을 5:5로 평등하게 한다.

제9조(맞벌이인 경우 가사분담)
맞벌이인 경우 가사분담의 원칙인 5:5를 지키며, 육아 및 기타 문제로 일방이 퇴직하는 경우 상호협의에 따라 가사분담 비율을 조정한다.

제10조(전업주부의 가사노동)
일방이 가사를 전담하는 경우, 이를 경제적 활동으로 인정한다.

제11조(식사와 관련한 가사분담의 특칙)

일방이 식사를 준비하면, 상대방은 설거지 및 정리를 담당한다.

제12조(기타)
기타 가사분담에 관한 사항은 두 사람의 합의에 따른다.

제4장 자녀계획 및 성관계 · 피임

제13조(자녀계획)
① 두 사람은 ○년 안에 아들, 딸 구별 없이 ○명의 자녀를 가지기 위해 노력한다. (자녀 계획이 없는 경
   우–상호 합의하여 정한다.)
② 자녀계획 · 피임 등의 문제에 있어 주변 사람들보다 두 사람의 의견이 가장 중요함을 확인한다.

제14조(성관계)
① 부부 중 어느 일방이 성관계를 원치 않는 경우, 그의 의견을 최대한 존중한다. 단, 규정횟수 안에서
   성관계를 거절하는 쪽은 성관계를 원하는 쪽에게 자신의 의견을 말함에 있어 목소리를 높이거나, 화
   를 내지 않는다.
② 일방이 규정횟수를 벗어나는 성관계를 요청하는 경우에도 상호 화를 내거나 목소리를 높이지 않고
   상대의 의견을 최대한 존중한다.

제15조(피임)
향후 아이를 낳을 계획이 있는 경우 피임은 '부(또는 처)'가 하며, 자녀를 더 가질 계획이 없는 경우 '처
(또는 부)'가 피임을 한다.

제16조(기타)
기타 자녀계획 및 성관계 · 피임 등에 관한 사항은 상호 합의에 따른다.

제5장 육아

제17조(육아의 원칙)
① 부와 처는 육아를 5:5로 평등하게 분담한다. 단, 자(子)가 태어난 후 직장생활 등을 고려하여 분담률
   은 상호 합의로 변경할 수 있다.
② 부 및 처는 자의 교육 및 훈육과 관련된 내용을 합의로 정한다.
③ 자의 발육 및 신체적, 지능적 성장은 일방의 책임이 아님을 확인한다.

④ 자의 양육 과정에서 발생하는 책임은 공동으로 부담한다.

제18조(일방이 육아 담당자가 될 경우의 특칙)
① 일방이 양육을 담당하게 되는 경우, 육아시간을 노동시간으로 인정한다.
② 일방이 만 5세 이하 자녀를 24시간 전담하는 경우, 육아 전담자는 월 ○회 ○○시간에 한하여 자유시
　간을 요청할 수 있다.

제19조(부모양육의 원칙)
부와 처는 자를 상호 합의 없이 어느 한쪽의 부모나 타인에게 맡길 수 없다.

제20조(부모로서의 태도)
부와 처는 자의 양육에 있어서 다음과 같은 행동을 하지 않는다.
1. 자의 앞에서 비속어 · 욕설 · 폭력적인 행동 등을 하지 않는다.
2. 부와 처는 TV를 보면서 자에게는 책을 보라고 하지 않으며, 부와 처가 스마트폰을 사용하면서 자에
　게는 스마트폰을 사용하지 말라고 하지 않는다.

제21조(기타)
기타 육아에 관한 사항은 두 사람의 합의에 따른다.

제6장 흡연 · 음주 · 게임 · 외박 · 도박 · 생활습관
제22조(흡연 등)
혼인 후 가정생활에 문제를 일으킬 수 있는 흡연 · 음주 · 게임 · 외박 등에 관해서는 서로의 합의를 통
해 규칙을 정하고 이를 따른다.

제23조(흡연)
부부 중 일방이 비흡연자일 경우, 공동 가정생활에서의 흡연은 비흡연자의 의견을 우선 존중하도록 한
다. 또한, 흡연량은 서로의 합의 하에 정한다.

제24조(음주)
음주의 경우 주 ○회, 최대 월 ○회를 넘지 않도록 하며, 비용은 각자의 용돈으로 충당한다.

제25조(도박)

가족 및 친지들과 놀이로 즐기는 것이 아닌 포커·고스톱·경마 등을 포함한 모든 온·오프라인 도박은 본인의 용돈의 범위 내에서도 할 수 없다. 단, 로또 등의 복권의 경우 본인의 용돈 안에서 구입할 수 있다.

제26조(게임)

PC, 스마트폰 등을 통한 게임은 하루 ○시간으로 제한하며, 이를 위반할 경우 해당 기기를 ○○시간 동안 압류한다.

제27조(외박)

① 자정이 경과한 시간에도 귀가하지 않은 경우, 밖에 있는 사람은 상대방에게 위치와 함께 있는 사람에 대한 정보를 제공한다.

② 상대방의 동의를 구하지 않은 외박은 원칙적으로 불가하며, 이를 위반할 경우 혼인생활에 치명적인 문제를 일으킨 것으로 간주한다.

제28조(종교)

각자의 종교를 존중하며, 상대방에게 자신의 종교 활동을 강요하지 않는다.

제29조(생활전반)

① 한 주에 ○번 이상은 가족들과 저녁 식사를 함께 한다.

② 입은 옷은 지정된 의류함에 넣는 것을 원칙으로 하며, 물건은 사용 후 각자가 지정한 자리에 둔다.

③ 본인이 만든 쓰레기는 직접 버린다.

④ 제2항 및 제3항을 위반한 자는 이로 인한 다툼의 책임을 부담한다.

⑤ TV 시청 시간 및 TV 수상기 제거 여부는 부부간의 협의에 따라 결정한다.

제30조(기타)

기타 흡연·음주·게임·외박·도박·생활습관 등과 관련된 사항은 상호 합의에 따른다.

제7장 부부싸움 및 가정생활

제31조(가정생활원칙)

당사자들이 혼인생활을 행복하게 유지하는 데 가장 중요한 요소임을 확인한다. 따라서 부 및 처는 혼인 이후 양가의 가족 및 친지들의 의견보다 상대방의 생각과 의견을 가장 먼저 존중하며, 제삼자와의 문제로 인한 다툼 시 최대한 상대방의 의견을 존중한다.

제32조(건강검진)

① ○년에 한 번은 건강검진을 받는다.

② 검진 결과 건강문제가 발견되는 경우 건강이 회복될 때까지 일방은 상대방의 잘못된 식생활 및 잘못된 생활습관에 대한 '잔소리'를 할 수 있다.

제33조(손님 초대)

부 및 처는 공동 주거에 손님을 초대 시 도착 24시간 이전에 상대방에게 이를 알리고 동의를 구해야 하며, 상대방은 사전에 동의를 구하지 아니하였을 경우 이를 거절할 수 있다.

제34조(부모님 방문)

혼인 후 각자의 부모님을 방문하는 횟수는 원칙적으로 차별하지 아니하며, 불가피한 상황의 경우 쌍방의 합의에 따라 그 시기와 횟수를 조율한다.

제35조(부부싸움)

① 부부싸움 시 원인 제공자가 명확한 경우 원인제공자가 48시간 내에 먼저 사과한다. 원인 제공자가 명확하지 않은 의견충돌 등의 경우 지난번 다툼에서 먼저 사과하지 않았던 자가 먼저 관계회복을 위한 노력을 한다.

② 부부싸움 중 기물을 파손한 경우, 파훼한 자가 본인의 용돈으로 이를 원상복구 한다.

③ 부부싸움을 함에 있어 신체적인 폭력을 행사한 경우, 피해자는 가해자에게 법적인 책임을 물을 수 있다.

제8장 외도 및 이혼

제36조(외도) 다음과 같은 사항을 외도라 규정한다.

1. 밤 ○○시 이후 배우자가 아닌 이성과 단둘이 '술집 및 유흥업소', '숙박업소' 등에 있는 경우

2. 기타 언급되지 아니한 상황은 현행법 및 판례에 따라 판단한다.

제37조(심야시간의 이성과 동석)

① 밤 ○○시 이후 배우자가 아닌 이성과 함께 단둘이 있는 경우 반드시 상대방에게 알리고, 동의를 구한다.

② 제1항을 지키지 아니하여 가정생활에 문제가 생기는 경우 위반한 당사자는 '휴대전화 및 그 통화내역'을 상대방에게 교부하여야 할 의무가 있다.

제38조(이혼)

① 부 또는 처 일방의 외도로 인한 이혼 시, 외도한 당사자는 부부 공동 재산에 대한 소유권을 일체 포기한다.

② 두 사람이 이혼할 경우 자의 양육 및 생활비에 대해서는 협의를 하도록 하며, 협의가 되지 않을 시 현행법에 따르기로 한다.

제39조(기타)

기타 외도 및 이혼에 관한 내용은 상호 합의 하에 결정하며, 합의가 되지 않을 시 현행법에 따른다.

제9장 효력 발생

제40조(효력 발생일)

본 서약서는 결혼식 당일인 ○○○○. ○○. ○○. 부터 효력이 발생한다.

○○○○. ○○. ○○.

부(夫) ○○○ (서명)

처(妻) △△△ (서명)

9교시 연애능력평가고사

초판 1쇄 인쇄 ㅣ 2016년 8월 17일
초판 1쇄 발행 ㅣ 2016년 8월 24일

지은이 ㅣ 이명길
펴낸이 ㅣ 이희철
기획 ㅣ 출판기획전문(주)엔터스코리아
책임편집 ㅣ 양승원
마케팅 ㅣ 임종호
펴낸곳 ㅣ 책이있는풍경
등록 ㅣ 제313-2004-00243호(2004년 10월 19일)
주소 ㅣ 서울시 마포구 월드컵로31길 62 1층
전화 ㅣ 02-394-7830(대)
팩스 ㅣ 02-394-7832
이메일 ㅣ chekpoong@naver.com
홈페이지 ㅣ www.chaekpung.com

ISBN 978-89-93616-96-5   03810

이 도서의 국립중앙도서관 출판시도서목록(CIP)은 서지정보유통지원시스템 홈페이지(http://seoji.nl.go.kr)와
국가자료공동목록시스템(http://www.nl.go.kr/kolisnet)에서 이용하실 수 있습니다.
(CIP제어번호: CIP2016018118)